Los Cinco

El Príncipe del Romance

Para todas las personas que me dan la oportunidad de llegar a sus
hogares a través de mis letras

CONTENIDO

AGRADECIMIENTOS

A toda la bella y extensa comunidad de Café Romance que me leen
a lo largo del mundo

Café
Romance

1 LA NOCHE DEL FIN DEL MUNDO

Mi nombre es Ichabod Eliot y si estás leyendo esta historia, significa que mi vida tuvo un significado, significa que la esperanza regresó y que tú, tus padres, tus hijos y todos aquellos a los que ames ahora pueden decidir por sí mismos. Ahora te hemos regresado el regalo que nos dio la creación, eres libre de elegir. Da igual si eres negro, amarillo, blanco, de bronce, plata u oro. No importa si crees en Cristo, en Ala, en Judea o Superman, ahora tus creencias te pertenecen y también significa, que por desgracia que yo ya he muerto. La noche del fin del mundo llegó el dieciséis de septiembre del dos mil ciento diez, en la celebración del tricentenario de la independencia de México, país que fue seleccionado por nosotros para que comenzará el fin de la libertad, el fin de la independencia, el comienzo de la ignorancia, de la indiferencia, del rechazo y del dominio universal de la voluntad. En cierta medida, México era el lugar más sencillo de construir y conquistar, era el mejor lugar por que cientos de años antes, se había tomado la decisión que así fuera, porque nadie que pudo detenerlo, quiso hacerlo y ahora que estas aquí vivirás conmigo los últimos días del mundo como lo conocemos.

Ciudad de México 15 de septiembre del 2110
La ciudad era un monstruoso consorcio de modernidad desmedida, que transformaron la belleza arquitectónica de la ciudad de los palacios, en la cumbre universal del neo liberalismo mental, una corriente filosófica e ideológica que pretendía desprendernos

de nuestras raíces más elementales, con instrumentos futuristas que fuimos construyendo y adoptando por la voluntad de alguien más, creando necesidades que de otra manera no necesitábamos y que durante años pudimos vivir sin ellas, pero que ahora nadie, incluyéndome a mí mismo, podemos vivir sin ellas. El ritmo trepidante de la noche me obliga a correr por las calles congestionadas de patriotas leales a nuestras ideas de nación y me dirigen al monumento escogido cientos de años antes para ese momento. El ángel de la independencia, este engalanado para la noche del año, con un traje costoso de luces multicolores y una mano de obra brillante, que protege con cristal. El metal brillante de su estructura se alza con belleza sobre la multitud expectante por el arranque del futuro. Hoy la poderosa empresa de nombre SKYLAND lanzará al mercado mundial, el último producto que alguna vez necesitaremos para hacer algo, un implante subcutáneo, colocado en el costado del cráneo para dejar atrás, todo lo que alguna vez se llamó contacto humano y que ahora se llama "Prometeo". Prometeo es un sistema integral de comunicación que recibe directamente en tu cerebro diferentes señales universales, comunicación telefónica, señales de radio, televisión e internet, todo proyectado a tus ojos, a tus oídos y a tu cerebro, miles de sensaciones y la red de información Giganet que permite el intercambio de datos entre usuarios como nunca antes se había permitido. Un hombre moribundo en el rincón más lejano del continente Africano podía enviar una señal de SOS o despedida a su hija que se encontrará en la punta de Alaska, investigando las nuevas especies descubiertas posteriores al derretimiento de los polos, una mujer en las tierras devastadas de Norte América, podía enviar un mail a un excavador de la antigua región en la que alguna vez se encontró China y los poderosos Rusos podían enviar una señal de entreteniendo a la renovada Colombia que se erguía como nuevo faro económico de la lastimada Latinoamérica. Hombres y mujeres de todo el mundo podían realizar llamadas telefónicas sin necesidad de aparatos electrónicos, manejadas sólo con el pensamiento y enlazar al mundo a un mismo punto y lugar. Mensajes de texto llegarían directamente a tu cerebro con los lentes de Prometeo y podrías investigar si había retraso en los aviones, en los metros, solicitar un transporte individual y conocer todo lo que necesitabas del chofer, con Prometeo podías realizar proyectos en equipo y enviarlos a tu universidad o bajar música en cualquier lugar y escuchar los demos de la nueva música, mientras se iba grabando en sesiones abiertas, con la grabación de los nuevos materiales de las bandas de música. Por tu salud no te debes de preocupar, Prometeo es un implante inteligente que regula tus niveles de estrés, que monitorea tu ritmo cardiaco y que te recuerda las medicinas y horarios que debes seguir. Además, está equipado para suministrar directamente los medicamentos que tu cuerpo requiere periódicamente. Prometeo también es el acceso a tus redes sociales individuales y comunales, que te permite un acceso directo a los sistemas de información gubernamentales no clasificados para que siempre tengas la ilusión de conocer lo que sucede a tu alrededor y mantener en contacto permanente con aquellos que más quieres. Pero Prometeo tiene un secreto, Prometeo recibe tu información y la almacena, Prometeo lee tus correos, Prometeo sabe a qué hora veras a tu esposa y a qué hora veras a tu novia, Prometeo sabe lo que le dijiste a tu mejor amiga de tu madre y Prometeo te dirá que pensar todas las mañanas. Prometeo tiene un secreto a un peor. Pero la pregunta que te aqueja la mente ahora mismo, ¿Quién recibe la información?, ¿tus padres?, ¿tu esposa? ¿El gobierno? No..., ninguno de ellos, el gobierno sólo recibe información codificada que almacena y cree que utiliza para su propia conveniencia, con la misma ilusión de control y dominio que el resto de las personas, quién realmente recibe esa información son solo cinco personas, pertenecientes a una organización tan secreta que nadie a excepción de ellos cinco y aquellos que los encuentran conocen. La organización conocida simplemente como LOS CINCO, son quienes reciben toda esa información desde tiempos antiguos y con ella deciden el futuro de las generaciones venideras. Los cinco miembros de esa organización son buscados por los CABALLEROS, de los cuales lo único que se sabe, es que ellos alguna vez fueron parte de LOS CINCO y debieron abandonar su lugar obedeciendo la regla más importante de aquella organización. LOS CINCO siempre deben estar integrados por los hombres y mujeres más listos del mundo.

México respira un aire de festividad, en el aire grandes pantallas electrónicas se despliegan con publicidad de todo tipo de empresas ligadas a SKYLAND, fomentando a un más el consumismo y familias enteras se ven bombardeadas por anuncios estrepitosos, mientras esperan el lanzamiento del nuevo producto, en un ritual ceremonioso, que se había transformando el lanzar algo nuevo al mercado. En mitad de aquella alegoría a la música, la fiesta y el ambiente nacional, esperó encontrar a la mujer cuya existencia es la razón de mi presencia de vuelta en México, el lugar en el que todo empezó para mí. La mujer que busco es la mujer más inteligente del mundo, la actual directora de SKYLAND empresa fundada por su padre y diez accionistas más, una mujer de nombre Evelyn Blue. Evelyn se encuentra en el edificio de operaciones SKYLAND, un antiguo edificio que en sus mejores días albergaba a importantes hombres de negocios, ahora transformado en una instalación de primer mundo con una vista privilegiada al ángel de la independencia, que se bañaba con la luz de las estrellas y de las luces artificiales que se arremolinaban en el suelo. Caminé entre la multitud, aunque hacía un par de días me había transformado en el hombre más buscado del mundo, entrar al edificio fue relativamente fácil, avance por aquellos pasillos marmolados ante los ojos de los oficiales de seguridad que al verme se quedaron paralizados y era normal, estaban viendo a un hombre muerto avanzar y sólo se movieron cuando sintieron el beso del plomó en sus pechos, no merecían morir en manos de un tirador como yo, pero el mundo no merecía morir en manos de aquellos que se interesan más en sí mismos que en los demás. Así que disparé y acabé con su vida. Apretar el gatillo se había transformado en un movimiento sencillo, cargado de sentimientos de culpa y responsabilidad, entré al elevador y cerré mis ojos, estaba preparado para terminar. Al abrirse la puerta me esperaba la guardia personal de Evelyn, todos ellos previstos ahí por los CABALLEROS, armados como un equipo táctico de respuesta ante emergencias, con rifles semiautomáticos Gilgamesh, los verdaderos héroes y terroristas de la guerra Chino-Americana que acabó con las dos superpotencias del siglo pasado y ahora más de una docena me apuntaba directamente a la cara, pero ninguno de aquellos hombres uniformados de negro disparaba. Caminé en dirección al fondo de la oficina, una pared de cristal separaba aquel lugar de la maravillosa vista nocturna del ángel y me pregunté si al morir ese ángel bajaría a recogerme o el piso se fragmentaría bajo mis pies y me tragaría.

--- ¿Ichabod? --- Preguntó la única mujer en la habitación, hermosa y radiante con una blusa blanca y una falda tableada, con su larga melena ondulada en color negro y aquellos radiantes ojos azules que paralizaban el corazón de los hombres. Se giró para encararme, era ella, la mujer que acabaría con el mundo.

--- Se terminó Evelyn, no planeo salir con vida de aquí, pero no puedo permitir que les condenemos---Caminé hasta aproximarme a ella, tanto como me lo permitían mis sentimientos, alguna vez ella fue la mujer que amaba con tanta pasión que se confundía con la locura. Y a esa distancia, a la distancia en la que los ángeles nos miran con anhelo, levanté el arma de fuego y apunté a su cabeza. Ella caminó hacia mí con lentitud, como si quisiera reconocer mis facciones a través de la oscuridad reinante en aquella oficina, a excepción de la luz que se filtraba románticamente sobre su espalda, era un ángel que caminaba hacia mí con soltura y estiró sus brazos para abrazarme en la oscuridad.

--- Se terminó hace mucho tiempo Ichabod--- Me dijo. Colocando sus labios en mi mejilla y me miró con aquellos ojos celestiales que me enviaban a la luna y regresaban mi corazón a la tierra en un parpadeo que duraba un amor eterno.

--- Evelyn, no me obligues a hacer esto--- Le pedí con la voz trasformada en una súplica romántica, como cuando le pedía que nos quedáramos juntos una noche más. Ella no dijo nada más y me besó como cuando hicimos el amor por primera vez, con tanto deseo que al separarnos parecía que un cuerpo se dividía en dos. Colocó su mano izquierda en mi mejilla y su mano derecha con un arma en mi sien y nos miramos entonces nuevamente como la primera vez y el mundo se detuvo por un instante, un hermoso instante que terminó demasiado pronto y terminó con la detonación de un arma y el fin del mundo.

<5 meses antes del fin del mundo>

Franz Müller ha muerto. La persona que lo mato está en el Vaticano, pero para poder matarlo, debo poder llegar a él y eso no será fácil. El fin del mundo llegó cuando el Prometeo fue planeado durante los juegos olímpicos de Marruecos doce años atrás, en aquella reunión estuvimos presentes LOS CINCO, aunque las reglas dictaminan que solamente podemos juntarnos LOS CINCO durante un periodo no mayor a setenta y dos horas, en un lugar diseñado exclusivamente para nuestro encuentro, en el que debemos ingresar con una contraseña creada a partir de un algoritmo acordado en la junta previa y dichas reuniones son ininterrumpidas hasta que se han tomado las decisiones que determinan la existencia de las personas durante dos décadas. En la última reunión que sostuvimos los cinco, se acordó el Prometeo y también se puso en manifiesto la postura en contra de Prometeo de Franz Müller, algo que le costó la vida. Así que ahora estoy en Roma, donde vive Salahadim, miembro de LOS CINCO, el actual líder espiritual y religioso del mundo civilizado y para entrar y matarlo, primero debo pensar en cómo voy a infiltrarme. Por fortuna es algo que ya tengo resuelto.

--- Buenos días caballeros, es un gusto tenerlos reunidos aquí conmigo, espero las instalaciones de este hotel de lujo sean de su agrado. Le he pedido a mi asistente Sharon Liad a quien seguramente ya conocen que los convocara para planear el atentado del día de mañana--- Sharon Liad es la hermosa y joven mujer de cabellos rubios y cortos, huérfana de nacimiento por las guerras de la fe, ella organizo esta reunión con los grupos anti religiosos más prominente del mundo. Los cuchillos del desierto, los huérfanos de la cruz, los creyentes de la madre y los hijos de la sangre, siendo todos grupos paramilitares que nacieron durante las guerras de la fe. El conflicto ideológico/bélico que dio forma al nuevo orden mundial que hoy nos rige y que por supuesto fue propuesto por LOS CINCO una generación antes de que entráramos nosotros.

--- Señor Eliot, es usted muy osado al llamarnos aquí a todos nosotros. Es una ofensa para el verdadero dios Zirra estar en una habitación con tantos impuros, a los hijos de la sangre no nos agrada---

---Un indigno hablando de fe, nosotros no queremos trato con ustedes tampoco, tonto hijo de la sangre---Contestó un hombre corpulento más alto que yo, miembro de los cuchillos del desierto

--- A nosotros no nos importa con quien trabajemos, siempre y cuando usted cumpla con su palabra señor Eliot. La muerte del máximo opresor de mis tierras y si es posible del resto de los presentes--- El grupo más peligroso de todos, eran los hijos de la cruz. Huérfanos todos ellos de las tierras donde se llevó acabo la batalla de la cruz de sangre. En Europa del este, donde los ejércitos que representaban las tres potencias de la fe se encontraron en una población apartada del mundo, bombas, milicia y sangre. El lugar del sanguinario enfrentamiento que sólo dejo una marca siniestra sobre la arena, una cruz hecha de cadáveres y ríos escarlata de desesperación. Ellos se hacían llamar los hijos de la cruz y eran el grupo anti religioso más peligroso de todos, sin nada que perder, sin nada que ganar, solamente esparcir su mensaje y su mensaje es sufrimiento.

--- Les aseguro que todos ustedes tendrán lo que han venido a buscar, el armamento ya fue entregado, así que mañana durante la Eucaristía del día, atacaremos desde distintos flancos y recuerden nuestro objetivo es matar a…, ---

--- Muy bien señor Eliot, los cuchillos del desierto cumpliremos nuestra parte---

--- Los hijos de la madre también---

--- Y nosotros--- Confirmaron los hijos de la sangre

--- Mañana el papa estará muerto y nuestra venganza estará más cercana--- Se rieron los hijos de la cruz y se retiraron, dejándome a mí junto con Sharon y Aghbad, mi líder de seguridad.

--- ¿Estás seguro de lo que intentaremos Ichabod Eliot?, no pongo en duda tu liderazgo y tu habilidad para la planeación, pero una cosa es infiltrar a un ejército de extremistas con documentación falsa a lo largo de tres meses y todo tipo de pretextos, y otra muy diferente atentar contra el papa, sólo para hacer salir a Salahadim. Además, no es seguro que él, este ahora mismo con el papa, casi nunca se les ve juntos---Aghbad era un ex militar israelita, un hombre sabio y belicoso, con un sentido alto del deber y aún más importante, con familia, lo cual lo hacía prudente.

--- Ellos son sólo una distracción. Salahadim aparecerá, reconocerá el ataque, además lo más importante siempre es tener un as oculto en la baraja y que el as siempre se mantenga oculto de la vista del oponente. Formar un plan que nadie más pueda descifrar mostrando un plan sobre el plan. En este caso mi as son Sharon y tú, mí estimado Aghbad. Ahora vayan y disfruten el día, pues mañana podría ser nuestro último día--- Aghbad me miró con temor, como siempre lo había hecho, por otra parte, Sharon lo hacía con admiración. Sharon era huérfana de aquella región sangrienta y su odio era alimentado por la oportunidad de venganza, en cierta forma era la mejor candidata para aquella misión conmigo. Los atardeceres en Roma eran hermosos, sublimes casi poéticos, pues la forma en la que el sol, acariciaba las construcciones que el hombre había erigido para alabar su propio talento y fortaleza, resplandecía sobre la arquitectura que en el Vaticano se había formado, para levantar su amor a su dios. Cuando llegó la noche, después de repasar, toda una vez más, en mi mente, finalmente decidí irme a dormir, después de consumir una copa de vino y brindar en nombre del recuerdo de aquel que fue mi mejor amigo, Franz Müller.

Eran las ocho con veinte minutos de la mañana de aquel hermoso domingo soleado, la gente comenzaba a congregarse para la celebración de la misa, que se llevaría a cabo a las nueve de la mañana por designio papal. Me paré frente a la entrada de la basílica de San Pedro que se mantenía firme a pesar de los años y de las remodelaciones después de las guerras de fe. El sol acariciaba gustosamente su blanca estructura luminosa, dándole belleza mítica a los vitrales que adornaban su estructura y las columnas que nos invitaban a entrar en ella parecían colosos de cantera frente a mis ojos llorosos. Mis padres habían sido hombres de fe y durante el corto tiempo que yo viví con ellos, creía que llegar a ese lugar sería la cúspide de la hermosura espiritual. --- Perdóname padre celestial--- Suspiré para mis adentros y me preparé para recibir misa, acompañado del portafolio que necesitaría. El plan estaba diseñado para comenzar a las nueve con dieciséis minutos, pero los grupos extremistas comenzarían una vez que vieran al papa tomar asiento en el recinto. Ellos aceptaron el plan y las condiciones sólo en apariencia, lo que realmente deseaban era la oportunidad de acercarse al sumo pontífice y necesitaban mis recursos y mis influencias para lograrlo. Por eso era importante siempre estar preparado, así que a las nueve horas justo cuando el papa Juan Diego XVI tomó su lugar una explosión sacudió la santa sede, a Roma y al mundo entero.

Los cuchillos del desierto entraron por la plaza principal sin ninguna especie de orden, disparando contra la población civil indiscriminadamente, eran cerca de cien elementos del sur de Pakistán, los que entraron con gran poder de fuego, aterrorizando a la gente, cuando se sumó el pánico proveniente del área de los museos encabezada por otra centena de activos de los hijos de la cruz, por el otro extremo de la antigua zona de excavaciones emergieron los hijos de la madre y del interior de la plaza, los hijos de la sangre hacían su labor, en pocos instantes el mundo sabía que aquel domingo tranquilo ahora estaba bañando en sangre de los fieles. Entonces Aghbad disparó desde la distancia con un poderoso rifle de precisión a la columna de cuchillos del desierto y varios de ellos cayeron muertos; Sharon repitió la misma operación disparando a la columna de los hijos de la madre y la conclusión de todos los grupos activistas fue la misma: Alguien los había traicionado. La masacre continuó hasta que terminé mi misión, de sacar a Salahadim de su escondite, aun así, sentí cierta nostálgica. Sentí culpa, por los cientos de vidas que se perdieron ese día, tanto de gente inocente como de crueles líderes antagonistas. En pocos minutos los grandes medios globales de comunicación llegaron a cubrir la nota y el papa fue retirado por un grupo especial que respondía ante las emergencias, llevando al papa Juan Diego XVI por un acceso secreto tras una de las puertas que daban acceso al recinto.

--- Está bien, S-XVI va en camino a la cámara de protección--- Se trataba de un fuerte operativo de seguridad guiados por fuertes elementos de seguridad, bien armados y bien entrenados, todos ellos vestidos de negro con armas de asalto y alto calibre. El hombre que escoltaban era la máxima autoridad de la religión más venerada en el mundo. Un hombre mayor de los sesenta años que caminaba con cierta prisa, pero protegido en todo momento, accediendo a un ascensor secreto que lo llevaba a una cámara acorazada en el sótano, protegido todo el tiempo a cada paso hasta la sala iluminada del final, a la cual se accedía por un largo pasillo custodiado por hombres uniformados como caballeros del romanticismo, con sables incluidos y armas de precisión enfundadas en la cadera. Los hombres del papa lo dejaron en el interior de la sala, que era espaciosa, bien ventilada con un equipo de vigilancia y suministros suficientes para resistir una semana. --- Su santidad aquí estará seguro, dejaremos un par de elementos con usted---

--- No hace falta Robert, lleva a todos nuestros hombres a la plaza, que se aseguren que mi rebaño este bien--- Robert Sionis era un hombre devoto dedicado a su trabajo, era la mano derecha del papa Juan Diego XVI y era el responsable de la seguridad de su santidad.

--- Pero su santidad, esto es algo sin precedentes---

--- No importa Robert--- Confirmó aquel hombre de rostro rugoso y cansado con unos amorosos ojos verdes y el cabello cano que ya le escaseaba en la cabeza --- Ve por favor--- Robert obedeció a su santidad y lo dejaron en aquella habitación en soledad. Las fuerzas armadas de Roma llegarían pronto, al igual que todo el poder militar de Italia, en pocos minutos aquellos que habían intentado atentar contra la vida del papa dejarían este mundo en un charco de sangre en la plaza de San Pedro. Juan Diego XVI se sentó en la silla principal tras un escritorio basto de madera tallada barnizada y observó los monitores de seguridad, los grupos extremistas habían conseguido llegar hasta donde se oficiaba la misa, estaban haciendo una fiesta de sangre en aquel lugar, Juan Diego XVI se palpó con cuidado el rostro y metió sus rugosos dedos bajo su cabello blanco rascando con cierta energía su cráneo que comenzaba a abultarse con la piel arrugada, tocando su pecho y quitándose parte de la túnica que poseía, aflojando las cintas de su envestidura y retirándose con cuidado la peluca que llevaba encima.

--- No deberías estar tan tranquilo--- Escuchó Juan Diego XVI a su espalda y el papa se giró con premura, visiblemente sorprendido por la voz que le hablaba a su espalda, oculta por la oscuridad de un librero, se encontraba uno de los soldados destinados a proteger al papa.

--- ¿Quién eres tú? --- Preguntó el papa que hasta ese momento había usado un perfecto latín, ahora hablando en un vulgar español.

--- Pensé que siempre hablas en latín, Salahadim--- El papa me miró como si hubiese visto a un fantasma, era mi voz, él la reconocía, aun así, disfruté ver su expresión de sorpresa cuando me quite el casco táctico y mostré mi verdadero rostro.

--- Icha..., Ichabod ¿Cómo puede ser? Tú estás., tú estás muerto--- Salahadim no pudo ocultar su sorpresa a pesar de su máscara de ancianidad e impotencia, aun así, me acerqué un par de paso hasta su silla, Salahadim se levantó y se acercó a uno de los extremos de la habitación.

 --- No Salahadim, ustedes me creyeron muerto. Pero no he venido a hablar de mí. Franz Müller ha muerto, tú ordenaste su asesinato y quiero saber por qué---Le ordené apuntando con mi arma

--- Müller quería traicionarnos, tú lo sabes, nadie puede detener que Prometeo salga a la luz, lo hemos preparado por diez años, no podíamos permitir que se echará atrás---

--- El Prometeo es un arma de conquista, con ella conquistaremos la voluntad humana, pero ¿a qué precio? Tú debes entenderlo, ¿No eres una persona de fe? ---

--- Ichabod ¿Qué estás loco? --- Me dijo como si no lo creyera--- El libre albedrío es una mentira, una mentira que ha condenado a la humanidad a su destrucción, ve lo que han hecho hombres y mujeres con el libre albedrío, guerra, masacre, lo que nos enseñaron las guerras de la fe, fue que los hombres no pueden decidir por sí mismos, por eso todos acordamos diseñar un medio de control, para que los hombres no usaran de nuevo ese poder desmedido llamado libertad---

--- Salahadim, ahora lo entiendo. Nosotros no tenemos ningún derecho a gobernar a las personas, son seres pensantes, libres de tomar sus propias decisiones, la respuesta no es la conquista, es el entendimiento, ¿no era eso lo que buscábamos? Qué las personas fueran orientadas---

--- Entiendo, no sólo debimos ordenar el asesinato de Franz Müller, tú también eres un traidor de LOS CINCO--- Me dijo mientras se quitaba la máscara del hombre viejo y se retiraba los atuendos papales para estar más cómoda--- Y pensar que yo llegue a admirar tu intelecto--- Salahadim se retiró la máscara papal y liberó su larga cabellera negra, con una hermosa piel bronceada típica de las personas en medio oriente, quitándose también el modulador de voz del cuello. Salahadim era una mujer preciosa en realidad--- Tu también eres un traidor de LOS CINCO, tú también debes morir--- Salahadim activó un sistema de alerta empotrado en la pared y corrió tras una puerta secreta. Disparé el rifle de asalto y las balas fueron destruidas por un sistema de protección láser detrás del armario en el que se perdió Salahadim, aun así, corrí tras ella rodeando el escritorio. Salahadim llegó a un segundo ascensor tras la puerta secreta y de inmediato lo accionó, el aparato mecánico comenzó su acenso a la superficie. Llevé mi dedo índice a mi oído derecho, pero no tenía comunicación así que usé mi gancho retráctil en el arma de fuego y subí persiguiendo el elevador anclado al mismo suelo de la estructura mecánica. Llegamos al destino del ascensor, Salahadim de inmediato escapó de la estructura y buscó en la cúspide de la Basílica de San Pedro, su pistola de precisión, con la cual le disparó a la abertura del ascensor en espera de que yo llegará, pero lo que no esperó es que llegara desde el suelo.

--- Lo siento Salahadim, tu juego termino. Detendré el lanzamiento de Prometeo y me vengare por la muerte de Müller--- Le dije mientras le apuntaba con mi arma

--- ¿Estás loco? --- Me preguntó riéndose--- ¿Dónde crees que estás? Este es mi país, yo fui escogida dentro de todos los candidatos de LOS CINCO para ser la mensajera de la fe, el profeta de la religión, nunca podrás escapar, ahora mismo todas mis fuerzas armadas están buscándome, no lo entiendes, aquí soy más importante que ¡dios! ----Me dijo con cierta locura en la mirada

--- Ah lo siento Salahadim, pero ahora mismo el cuerpo de Juan Diego XVI ha sido encontrado muerto en tus aposentos. Mis hombres se encargaron de causar una gran distracción afuera y tenerlos entretenidos, mientras presentaban el cuerpo de un anciano que sufrió un paro cardiaco y lo colocaban en tu lugar. No debiste quitarte tu atuendo papal Salahadim, pero sabía que no podías resistir la presión de sudar bajo esa máscara de un viejo decrepito, como dijiste la última vez. Ahora mismo sólo asesinare a una mujer de ascendencia árabe, en una sala olvidada por dios--- Salahadim alzó su arma de precisión y disparó contra mí hasta vaciar su cartucho, pero no era una mujer entrenada para matar, de hecho, ninguno de nosotros lo era, pero yo no era como el resto de

LOS CINCO, yo no había sido un hombre privilegiado de una buena familia. Crecí en México en el seno de un país corrupto, miserable y empobrecido, en el que el gobierno y los capos del narcotráfico son lo mismo, había aprendido a disparar antes de leer y a cubrirme de las balas antes de saber sumar. Me arrojé a un costado y los disparos de Salahadim destruyeron la puerta del ascensor. Salahadim intentó escapar por una ventana corriendo sobre la superficie de la basílica de San Pedro pero yo la seguí por la superficie hasta que no tuvo donde escapar y se detuvo antes de caer por uno de los bordes de la estructura.

--- No podrás matar al resto de nosotros. No lo entiendes controlaremos la voluntad de los hombres te guste o no---

--- Tú eras el objetivo más difícil, por eso te escogí primero. Ahora el mundo sabrá lo que pretenden hacer---

--- Todo esto es por Franz Müller ¿no es cierto?, muy bien te diré algo, todos acordamos su muerte, incluyendo a tu novia. Evelyn Blue, ¿A ella también la mataras? Todos acordamos su muerte. No pueden evitarlo, Prometeo verá la luz y al fin el mundo conocerá la paz---

--- Si dios existe, que te perdone. Salahadim--- Disparé contra su cabeza, murió en el acto, pero las noticias vieron su caída desde la basílica de San Pedro hasta el suelo. Era una mujer hermosa que ocupo un pequeño espacio en las noticias. La verdadera nota era que el papa electo había muerto de un paro cardiaco en un intento de asesinato perpetrado por diferentes grupos extremistas, que fueron abatidos por las fuerzas armadas. Durante los días siguientes se prepararía una audiencia con el gremio santo para elegir a un nuevo papa, pero esta vez había algo diferente, los medios de comunicación mostraron el rostro de la mujer que había sido asesinada, sin huellas digitales, sin registro, sin identidad y una sombra de un hombre al que no pudieron identificar plenamente pero que los miembros restantes de LOS CINCO pudieron imaginar de quien se trataba. Esa noche me convertí en una sospecha y en un instrumento dentro de su juego, pero había logrado enviar un mensaje, los cazaría a todos y detendría el Prometeo.

Dos semanas después de abandonar Roma yo estaba listo para hacer mi siguiente movimiento, aunque sabía que los siguientes en actuar eran ellos y no yo, así que me oculté junto con Aghbad y

Sharon en Berlín, donde sabía que encontraría al líder militar más importante de todos. Un empresario poderoso y soberbio de nombre Aarón Schneider, el genio que diseñó las armas del nuevo milenio y mi siguiente en la lista de venganza y libertad.

--- ¿Quién es ese hombre? Oh espera ¿Qué ese chico no es el prodigio del fondo monetario internacional, aquel que desviaba fondos para causas benéficas? --- Me preguntó Sharon con su usual inocencia sin prestar el más mínimo respeto por mi privacidad. Aunque en realidad la entendía, ella había alcanzado su venganza por su sufrimiento y soledad con la muerte de Salahadim

--- Su nombre era Franz Müller--- Respondí con algo de nostalgia

--- Ya veo, así que tú y Franz Müller eran amigos de la infancia y ambos pertenecían a LOS CINCO. Vaya por lo que nos has contado pareciera como si los integrantes de LOS CINCO fueran todos unos ancianos millonarios---

--- En su mayoría lo eran, hasta que se decidió que debían de ser los hombres y mujeres más inteligentes sin importar la edad---

--- Eso quiere decir que un niño pequeño puede ser miembro ¿no es cierto? --- Preguntó Aghbad quien a pesar de tener más tiempo conmigo, hasta que Sharon se unió a nuestra causa, no conocía tantos detalles sobre mí.

--- Así es, pero no es muy recomendable, debido a que se corta todo contacto con la familia y se les hace creer a los padres que ha muerto el niño en cuestión. Son casos muy raros los que se permite que sigan en contacto o son aceptados sin la madures emocional necesaria---

---Vaya, en fin ¿Cuál será nuestro siguiente movimiento? Después de la muerte del papa no creo que sea nada fácil acercarnos al resto--- Preguntó Aghbad con su usual precaución, aunque entendía que el fuera el más animado de los tres. Aghbad había luchado en el ejército de Israel contra las fuerzas de conquista que habían sido suministradas de armamento por la empresa BetaTech, que presidia Aarón Schneider.

--- Esperar que ellos terminen la reunión, que sostienen ahora mismo. Después nos infiltraremos a la fiesta de graduación de la hija de Aarón Schneider que se llevara a cabo en su castillo y ahí mientras yo lo enfrento ustedes buscaran información con relación a los códigos de seguridad de Prometeo. ---

--- ¿Códigos de seguridad? ---

--- Así es Aghbad, el Prometeo tiene tres códigos de seguridad que necesitamos para reconfigurar su funcionamiento, el primero de ellos lo tenía Franz Müller, así que por eso sé de su existencia, el otro debe estar en poder de Aarón y el ultimo lo debe tener Sia Hiwatari---

--- ¿Cómo sabes todo esto?, pensé que una vez que LOS CINCO te creyeron muerto habías dejado de tener contacto con ellos, además ¿Cómo asesinaremos a los cuatro restantes? ---

---Ten calma Sharon, con respecto a tu primera pregunta sólo necesitas leer las noticias, dentro de ellas hay un código cifrado que yo mismo desarrollé y que se sigue usando. Por otra parte, sólo debemos asesinar a tres más. Aarón Schneider, Sia Hiwatari y Evelyn Blue, el profeta de la tecnología, la profeta de la política y la profeta de la economía---

--- ¿Qué hay del profeta de la comunicación? ¿No terminaras lo que Müller quería? ---

--- Necesitamos alguien que cuente la historia. Por ahora debemos concentrarnos en lo que necesitamos. Aarón Schneider es un hombre protocolario, su equipo de seguridad estará esperando cualquier anomalía, además de tener un físico impresionante, es el empresario con más armamentística que hay en el mundo. Su castillo familiar el castillo Hoffenmirtz es una fortaleza rodeada por uno de los bosques más fríos que existen, además del lago artificial Katherine en honor a su hija mayor. Todo el recinto estará custodiado por miembros del ejército del imperio germano, reestablecido en gran medida por las guerras de la fe y para beneficiar a la familia Schneider que desde hace seis generaciones pertenecen a LOS CINCO. Así que toda la realeza del impero germano estarán presentes, con mucha seguridad y bien armados---

--- Vaya así que está vez si nos van a matar---

--- No Aghbad, si bien es cierto que hay más seguridad y que además está vez esperan que algo suceda, Aarón tiene dos defectos, que tienen la mayoría de hombres maduros. Son muy orgullosos y prepotentes cuando tienen tanto dinero, así que fácilmente comenten errores obvios y el segundo es que se interesan por mujeres jóvenes y hermosas----

--- En ese caso supongo que ya tenemos a nuestra mujer hermosa---

--- No, aun no. Sharon cuando te pedí que te unieras a mí para esta travesía te prometí que lo primero que haría sería buscar revancha por tu pueblo. Ahora he cumplido mi palabra, eres libre de irte, por supuesto te daré el dinero que acordamos, no puedo pedirte que sigas con nosotros, tienes el derecho a ser feliz--- Sharon me miró con aquellos hermosos ojos en color miel y me sonrió con una gran inocencia.

--- No tengo familia, no tengo a donde ir, ustedes dos son mi familia ahora, así que cuenta conmigo Ichabod---

--- Muy bien, está vez seremos sólo nosotros tres, así que estén preparados, está es la noche de la fiesta--- Aghbad estaba intranquilo podía notarlo en sus expresiones corporales. Lo que le pedía no era fácil, era un hombre acostumbrado al internet tradicional, usar las líneas de giganet podía ser un cambio complejo, sin embargo, era necesario. Aarón Schneider tenía todo lo que necesitaba en aquel castillo, para detectar una intromisión desde internet y ubicar mi posición en un segundo, así que debía tentarlo para salir y usar para ello a Sharon, una vez que estuviera afuera, Aghbad se encargaría de sustraer los códigos y finalmente con la muerte de su brazo armado, el resto de LOS CINCO quedaría más vulnerable para el día del fin. Sharon era una chica joven y hermosa en verdad, sentía una profunda lástima por las condiciones en las que ella había crecido, sufriendo las consecuencias de las guerras que habíamos diseñado para darle forma al mundo. Así que cuando la vi cruzar por la puerta de la habitación en la suite en la que nos encontrábamos en la capital del imperio germano, sentí un sentimiento fusionado entre la atracción y el remordimiento. Sharon usaba un vestido rojo de escote en la espalda pero que dejaba ver su pecho abultado, con dos bellas zapatillas de cuerda que se amarraban bajo sus pantorrillas, con una cadena de oro que siempre llevaba consigo, una especie de recuerdo familiar. Aghbad tampoco desentonaba de aquella dinámica de elegancia, mezclada con aristocracia ya que su formidable físico, acompañado con su barba bien rasurada y aquel porte militar lo hacían lucir como un actor norte americano, ambos vestidos de gala para la noche, se llevaron el auto que habíamos comprado para desplazarlos en el imperio germano y se encaminaron a la fiesta. El plan consistía en que yo debía esperarlos en el punto de reunión acordados donde Sharon llevaría a Aarón para establecer la emboscada, pero era difícil saber si resultaría tal y como estaba planeado.

--- ¿Crees que lo conseguiremos? --- Le preguntó Aghbad visiblemente preocupado, no era una misión sencilla. Él conocía mejor que nadie la capacidad bélica de aquel hombre y no sería nada fácil hacerle frente si algo salía mal.
--- Ichabod es uno de los hombres más listos del mundo, tú me lo dijiste cuando acepte acompañarlos en Jerusalén, ¿Recuerdas?, no veo por qué tengamos que estar nerviosos---
--- Muy bien ya llegamos--- El castillo Hoffenmirtz era una belleza arquitectónica clásica, perfectamente conservada y remodelada a conciencia, para mantener sus múltiples torres en perfecto estado, iluminadas por luces de colores brillantes, que hacen contraste con la espesa negrura de la noche en el imperio germano.
La recepción fue hecha por un hombre alto de traje elegante con apariencia de pocos amigos y Aghbad y Sharon bajaron cuidadosamente del vehiculó. Las puertas del castillo se abrieron de par en par para recibirlos y guiarlos hasta el salón principal. Una muestra de que la historia cobraba vida tras los altos muros del castillo, iluminados por candelabros, mesas de madera finamente tallada y una selección exquisita de bocadillos. Katherine Schneider se encontraba bailando en el centro del salón con un galán diferente cada vez, con un vestido idéntico al de Sharon, aunque la princesa del mercader de la muerte no lo noto en absoluto. Perdidos entre diplomáticos, millonarios y personas de alta sociedad Aghbad y Sharon eran sólo dos personas más en una multitud de dinero, soberbia política y tecnológica, sin embargo, los protocolos de seguridad eran estrictos y formidables, hombres y mujeres que actuaban como meseros, pero con la apariencia de guerrilleros y los hombres de confianza de Aarón apostados en diferentes puntos del recinto con el logo BT de BetaTech en sus uniformes, discretamente impreso sobre el pecho. La música era suave tal y como le se había diseñado para aquellas generaciones

por petición de la familia Schneider. Aarón tardó un par de horas en aparecer y al hacerlo lo hizo acompañado de dos modelos rusas de gran fama y prestigio, una belleza de piel morena y una rubia muy llamativa. Las mujeres eran la debilidad de todos los hombres, no importaba que tan listos fueran. Aarón Schneider era un hombre altamente atractivo, con un cabello rubio perfectamente recortado, sus ojos verdes electrizantes y un físico bien entrenado, aunque discreto, sin barba sobre su mentón cuadrado y dos manos grandes como zarpas de un oso. Aarón dirigió un brindis pequeño y después se acercó a la barra, Sharon había bebido un poco más de la cuenta, la realidad es que nunca antes había bebido alcohol de forma directa y natural, así que rápidamente se sintió mareada.

---No debería tomar alcohol en esa forma señorita--- La voz de Schneider era varonil y cálida, profunda. Estremeció a Sharon de inmediato y al acercarse para ayudarla, la fragancia masculina penetró por sus sentidos, embriagándola tanto o más que el alcohol que había bebido. Aghbad dudó unos instantes, dejarla acercarse después del nivel de alcohol era peligroso, pero no teníamos opción así que permaneció al margen.

--- Señor Schneider, oh dios mío, disculpe mi torpeza--- Dijo Sharon sonrojada y apenada

--- Vaya veo que usted me conoce, pero yo aún no sé su nombre---

--- Es fácil conocerlo señor Schneider, usted es…, es uno de los hombres más ricos e inteligentes del mundo, todos aquí lo conocen--- Sharon se separó de los brazos de Schneider que había corrido a su rescate sujetándola con firmeza y cierto dominio, mismo que emitía todo su cuerpo.

--- Aun no escucho su nombre--- Insistió "ojos verdes"

--- Sharon, Sharon Liad señor. Soy…, soy periodista---

--- Qué raro, no recuerdo su nombre de la lista de medios---

--- Eso es…, eso es porque no estoy invitada, mi editor no sabe que estoy aquí, conseguí una forma de entrar---

--- Admiró su perseverancia señorita, quizás le conceda una entrevista después, si me acompaña a un baile--- Sharon aceptó gustosa la invitación de Aarón y juntos bailaron un par de piezas elegantes y provocativas, Sharon frotaba constantemente su espalda en el amplió pecho de Aarón, en un coqueteo tan directo como sugestivo, que incluso hizo que Aghbad se perdiera un momento de su misión. Pero Sharon era una chica simpática de gran inocencia, misma a la que se había visto obligada a renunciar, cuando la guerra les quitó a sus padres. Así que en cierta medida los dos nos sentimos aliviados, alegres y a la vez culpables por ella. Aghbad subió las escaleras detrás del salón principal recorriendo un largo pasillo elegante, lleno de pinturas antiguas y que hacían referencia a la historia moderna, atravesando hasta llegar a la puerta marcada en el reloj que le servía como escáner para encontrar la computadora y el código. Los guardias estaban todos concentrados en la fiesta protegiendo a Katherine que había escogido a un joven elegante de cabellos negros como compañero, mientras su padre se divertía con aquella chica rubia de cabellos cortos. Aghbad usó un par de códigos de seguridad instalados en su ordenador portátil del tamaño de su palma y que además funcionaba como celular, tecnología algo anticuada, pero efectiva para no ser detectado con los implantes subcutáneos. El ordenador portátil se encontraba sobre un escritorio de madera, así que Aghbad colocó su ordenador a un costado del teclado para acceso a la información, jaqueando el sistema que rápidamente puso el cronometro de acceso. El sistema se restablecería en tres minutos. Aghbad colocó la USB que yo mismo había preparado y de inmediato comenzó a localizar los dispositivos de almacenamiento, información y todo lo relacionado con el Prometeo, al terminar de descargar la información, Aghbad se levantó tan deprisa como pudo y se dirigió a la puerta, en la que se encontró con dos agentes de BetaTech quien le apuntaron con sus armas, lo pusieron de rodillas y se sonrieron. Aghbad lo entendió de inmediato, los habían descubierto o traicionado. Sharon estaba bailando con Aarón Schneider, en la planta baja del salón con todos los invitados cuando el presidente de BetaTech se detuvo de improvisto.

--- Señorita Liad, ¿le gustaría conocer el lago Katherine? --- Le preguntó aquel atractivo hombre con su semblante varonil tomando con una gentileza extraña las manos de la chica.

--- Sería encantador conocerlo--- Confesó Sharon con una sonrisa traviesa.

--- En ese caso debemos abrigarla un poco más. Por favor sígame--- Aarón se la llevó por el pasillo detrás de las escaleras, subió con Sharon a cierto ritmo, pero sin prisas, haciendo bromas constantes y tocando de forma más firme a Sharon.

--- Se un poco más gentil Aarón, me lastimas--- Reclamó la chica, pero el dirigente germano, no hizo caso y continuó su camino, abrió una habitación cerrada con una clave digital y lanzó a su interior a Sharon. La chica criada en las calles de Jerusalén se giró y lo atacó con una patada que el atlético germano recibió con el abdomen sin inmutarse.

--- ¿Quién de LOS CINCO te envió? ¿Has venido por mi vida o por el Prometeo? --- Sharon escuchó el término: LOS CINCO. Por las pláticas con Ichabod sabía que estaba prohibido el uso de aquel término fuera de sus integrantes. Así que escucharlo con total libertad significaba que estaba muerta.

--- No lo diré--- Desafió con valor suicida a aquel intimidante hombre

--- Quizás él te haga cambiar de opinión--- Aarón mando traer a Aghbad que había sufrido una brutal paliza de parte de los hombres de Aarón, aunque por su estado físico, no había dicho ninguna palabra. --- Deben entender que la persona que los envió aquí los envió a morir. No deberían guardarle respeto, al menos le cobrarían un poco lo que les está haciendo--- Schneider sacó un cuchillo largo de una gaveta y lo sacó de su funda apreciando el filo de la hoja--- Entiéndalo, ustedes ya están muertos---

--- No diré nada--- Se aferró Aghbad y recibió un codazo de parte de uno de los hombres de BetaTech que lo hizo doblarse.

--- Oh, pero haré algo que te hará cambiar de opinión--- Schneider levantó a Sharon con una sola mano como si se tratara de una muñeca, la tendió sobre la mesa frente a ellos y con la hoja del cuchillo recorrió su cuerpo desde la punta de sus dedos hasta su pecho pegado contra el vestido, en un proceso, que claramente le gratificaba en sus instintos más primitivos y salvajes. Repentinamente hizo un corte ligero sobre el brazo de Sharon liberando su líquido escarlata causando un punzante dolor quemante. --- La hoja de este cuchillo es especial, adoro usarlo con mujeres jóvenes, deja marcas en la piel--- Aarón bajó la hoja con delicadeza y de vez en cuando realizaba un tajo superficial sólo para marcar la piel de Sharon, que se estremecía ligeramente de dolor cada vez que la hoja rasgaba su cuerpo.

--- Espera, hablaré--- Aghbad era un hombre duro, pero Sharon no tenía que sufrir

--- No te alarmes Aghbad, ponlo en la línea--- Le pedí a mi amigo, al mismo tiempo que le explicaba que usábamos un método de comunicación con el prototipo del Prometeo, un chip de comunicación ya disponible en el mercado conocido como Adam y que sólo funcionaba como dispositivo de audio. Así que Aghbad le dio la contraseña y la configuración básica. Una vez en línea, de verdad deseé a ver visto su expresión.

--- Buenas noches Schneider, veo que no eres un hombre muy prudente--

--- Ah, Ichabod Eliot. Veo que nuestro fantasma sediento de sangre eres tú. No importa realmente, no creíste que podrías engañarnos de nuevo ¿verdad?, y con sólo tres hombres. Ya sabes, que yo soy el quinto Schneider que es seleccionado para LOS CINCO, sabíamos que vendrías---

--- Oh lo sé mí estimado Aarón y también sé que, si sigues lastimando a mis muchachos, serás el último---

--- ¿Me estás amenazando? ---

---Eres un hombre poderoso y muy precavido, apostaste a tus hombres con trajes de civiles para buscar cualquier anomalía, sabías que iríamos por ti y desplegaste un fuerte equipo de seguridad, pero coqueteaste con una desconocida y después, cuando encontraste a mí infiltrado de inmediato pensaste que tenías ganada la partida. Pero déjame preguntarte algo Schneider, ¿Dónde está tu hija? --- Mis palabras fueron cono hielo profundo para él, pude sentirlo a través de la comunicación distante y por el ruido de sus nudillos al apretarse tan fuerte que parecería que destrozaría su propia mano--- Deberías saber que no eres el único que juega sucio en las guerras del mundo. Así que presta mucha atención, ven al lago Katherine, trae a mis hombres y por favor trae la USB que le quitaron a mi amigo, la necesito para acabar con el Prometeo---

---Mientes, ¿cómo sé que te infiltraste y te llevaste a mi hija? --- Me desafió con tanta furia que por un segundo tuve miedo. Así que active la cámara y le envíe una imagen directamente a su cerebro y al de Aghbad y Sharon. Katherine la hija de Schneider me llevaba de la mano a través de la espesa maleza del bosque alrededor del castillo y él escuchó la voz de su hija, cuando me dijo que ya habíamos llegado. --- Maldito, si le haces algo, te matare--- Me amenazó

--- Te estoy esperando, amigo--- Schneider nunca consideró ir sólo a verme, de inmediato ordenó a sus hombres que se prepararán para una incursión en el bosque, pero no podía arriesgarse a que los medios de comunicación supieran de su movimiento y mostrar que su propia hija había sido secuestrada durante su baile de graduación, así que Schneider llamó a sus hombres que estaban vestidos de civiles, los preparó con un equipo táctico súper ligero y los llevó al bosque, una vez afuera Aarón Schneider con su imponente físico les preguntó a Sharon y Aghbad que eran arrastrados por sus hombres.

--- ¿Cómo es posible que no haya traído más hombres? Le haré pagar su insolencia--- Aghbad le había hecho la misma pregunta a Ichabod, ¿Por qué no llevar más hombres? En el ataque a Salahadim había convocado a todo un grupo de terroristas tan sólo como distracción, pero ahora estaban llevando a Ichabod a una trampa. ¿No se daba cuenta? O acaso estaba cayendo en la locura como tantas otras mentes brillantes.

--- Debes confiar en él--- Le suplicó Sharon con los ojos llorosos, ¿acaso le temía a la muerte? Claro que lo hacía Sharon tenía menos de un cuarto de siglo, el mundo aún se abría para ella. Pero Aghbad no pudo contestar algo que la reconfortara. Llegaron al lago Katherine, el lago estaba congelado, rodeado por espesa maleza boscosa y en el centro patinando con toda la inocencia estaba Katherine mientras Ichabod Eliot, la observaba. Aarón Schneider sintió un instinto homicida al ver a aquel hombre con su traje elegante observar a su hija.

--- ¿Papá? --- Se sorprendió Katherine--- ¿Qué haces aquí?, ¿Qué está pasando? --- Preguntó al ver a su equipo de la muerte, eran cerca de treinta hombres con sus armas de asalto. Ichabod Eliot sonrió para sí mismo.

4 EL ÚLTIMO KAISER

Ver llegar a Aarón Schneider con Sharon y Aghbad me produjo un extraño sentimientos de preocupación, uno como el que nunca había sentido antes por alguien, ni siquiera por Evelyn Blue. Katherine detuvo su patinar, sus zapatillas estaban sobre el hielo del lago congelado y Schneider me miró con furia contenida y un sentimiento asesino que me hizo estremecer de placer y gusto. Era un hombre tan recatado, poderoso y a la vez un sádico, pero ya lo había dicho Franz Müller una vez. Aarón Schneider era un hombre peligroso y el peligro me divertía.

--- Bienvenido Aarón, tiempo sin verte--- Le salude con cortesía, ¿Sería él, el primero en atacar?

--- Basta de tus juegos, aquí están tus hombres---

---La USB, envíala con ellos, aquí está Katherine---

--- Antes de eso, contéstame algo--- Pidió Schneider ante la incredulidad de Katherine--- ¿Realmente creíste que sólo tres hombres serían suficientes para vencer a mí? Al gran Káiser de la tecnología--- Esperaba mi respuesta, pero sólo encontró el silencio, tenía un plan, pero necesitaba sólo un poco más de tiempo. --- ¿Qué te hizo creer que no mataría a esta mujerzuela y al incompetente de tu compañero? --- A lo lejos escuché el rotor de un helicóptero y el desplazamiento de los hombres de Schneider, tal y como había pensado, él pensaba ejecutarnos a todos ahí, pero aún tenía mi carta de triunfo.

--- Por qué Sharon se parece a tu hija, ¡maldito enfermo! --- Todos se giraron a ver a la chica sobre el lago congelado y luego a Sharon que estaba capturada, eran casi idénticas. Franz Müller lo sabía, Aarón Schneider podía tener todo lo que quisiera, era un emperador de las armas y también de la tecnología, él había diseñado las armas de la nueva era. Armas satelitales que podían asesinar a un hombre con precisión milimétrica, el dedo de dios, o sus poderosas armas de asalto y con ellas estaba obsesionado por el control. Lo que siempre le causo un problema era que su hija, una de las mujeres más hermosas del mundo, nunca sería para él.

--- Interesantes palabras finales, para un hombre que morirá por segunda vez--- Aarón alzó su brazo derecho listo para ejecutarme, pero la luz cegadora de un helicóptero apuntándole a los ojos lo detuvo--- Es un helicóptero de NOM, maldito ¿Estas con Sia Hiwatari en esto? --- Sia Hiwatari era la presidenta del Nuevo Orden Mundial, una asociación política que ocupo el lugar de la ONU después de las dos guerras de la era. Las guerras de la fe y la guerra de las dos potencias, ella era la mujer lista del mundo, pero era una mujer japonesa, creyente del honor.

--- Claro que no--- Le dije con tal satisfacción que casi no puedo evitar reírme--- Pero ¿quién creería, que existiera alguien tan estúpido como para atacar al Káiser de las armas con sólo tres hombres? Sia ha venido a apoyarte, lástima que tus hombres están vestidos de civiles, cómo si fueran mis hombres. ---El helicóptero abrió fuego sobre los hombres de BetaTech, y estos a su vez obedecieron sus instintos disparando en contra del helicóptero, las fuerzas del NOM salieron del bosque disparando a los hombres de Aarón, pensando que eran mis hombres y Schneider explotó en furia.

Aghbad se liberó de sus esposas y derribó al hombre a su derecha usando su corpulento cuerpo para derribarlo, después azotó su rostro en repetidas ocasiones contra la hierba del suelo, hasta que el casco de protección se fragmentó y un chorro de sangre recorrió su cuello. Desarmó a aquel hombre y se giró para ayudar a Sharon. Sharon Liad ya había derribado a dos hombres y con la elasticidad de su cuerpo le había roto el cuello a uno, al otro le había quitado el cuchillo y lo apuñalo en el pecho y a un tercero le disparo con el arma del primero. A veces tanto Aghbad como yo olvidábamos que Sharon había sido entrenada por mercenarios.

--- Rápido debemos cubrirnos--- Le dijo Aghbad a la chica mientras disparaba a más hombres de BetaTech intentando que no los vieran los hombres de NOM.

--- ¿Qué pasará con Ichabod? ---

--- No se preocupen por mí, Sia Hiwatari viene a darle la oportunidad a este.., enfermo, de que mate al hombre que les está dando problemas. Váyanse---

--- Ya lo oíste, debemos ponernos a salvo---

--- Y ¿qué hay de ella? --- Sharon señalo a Katherine que estaba gritando oculta bajo la protección de un árbol.

--- Vamos--- Aghbad era un héroe de verdad, salió entre las balas para recuperar a Katherine, sin saber que los hombres de lady Hiwatari, tenía órdenes de no hacerle daño, en cierta forma, al salvarle la vida, se estaban salvando a sí mismos.

--- Te matare, lo haré con mis propias manos, así sentiré tu sangre--- - Aarón se quitó el saco elegante y su camisa abierta de arriba no engañaba a nadie, era una mole musculosa bien definida, aun así, se quitó las pistolas de precisión que ocultaba en su cadera y las dejo caer. Después se quitó la camisa y aquel guerrero germano, simplemente imponía.

--- Muy bien, haré lo mismo--- Me quité el saco, una pena en realidad, era mi saco favorito y después dejé caer la pistola de precisión, con la que había planeado matar a Aarón, pero si le daba un tiro todos los hombres de BetaTech y los de NOM me acribillarían ahí mismo. Aarón no esperó a que mi arma cayera al hielo, se abalanzó sobre mí como un oso hambriento y me golpeó varias veces con su descomunal fuerza muscular, haciendo que mí rostro comenzará a inflamarse casi de inmediato. Lo pateé en el abdomen y luego lo proyecté sobre mi cuerpo para liberarme de su presión sobre mí, intenté levantarme, pero él me recibió con una patada que me hizo girarme por completo y aterrizar en el hielo, debiendo rodarme sobre mí mismo para no ceder contra las furiosas pisadas de Schneider.

--- Sabes, siempre pensé que tú muerte había sido lo más catastrófico que le había sucedido a LOS CINCO, pues, aunque todos decidimos la muerte de Franz Müller, tu accidente de avión, fue sin duda una lástima. Pensé que serías tú el nuevo líder de LOS CINCO, ahora sé que nunca debí confiar en un hombre como tú---

--- ¿De qué estás hablando?, ustedes ordenaron mi muerte igual que la de Müller, también fui un estorbo por intentar detener el Prometeo---

--- Müller lo sabía y tú también. Durante generaciones LOS CINCO se han visto en la necesidad de planear el futuro con

demasiada anticipación, muchas guerras se podrían a ver evitado si pudiéramos ordenarle a la clase operadora una orden que fuera directa y no el sistema de manipulación a largo plazo. Tú lo diseñaste ¿recuerdas? Acabar con el terrorismo, acabar con el narcotráfico, con la trata de personas, con los homicidios, con la violencia a la mujer--- Dijo irónico---Tu desarrollaste la idea de controlar al mundo, persona a persona---
--- Esa idea nunca debió salir de mi mente, el precio de la justicia, sobre el libre albedrio, no mejoramos Schneider, los manipulamos---

--- ¿Cuál es la alternativa niño genio? ¿Confiar en la humanidad? --- Continué arrastrándome por el hielo, hasta llegar a su saco, pero Schneider aún tenía la ventaja--- Mira lo que están haciendo, el vaticano aun no puede escoger a un sucesor para Salahadim y seguramente hará lo mismo que hace cien años, escogerán a un papa provisional que se retirará cuando nosotros les digamos quien debe ser el nuevo sumo pontífice, los presidentes y emperadores van y vienen por nuestro capricho. Tú nos diste la herramienta perfecta para controlar al mundo---
--- Si y ahora se las quitaré--- Me levanté mostrándole la USB que contenía los códigos de seguridad del Prometeo. Schneider no parecía sorprendido.
--- ¿De qué le servirá esa información a un hombre muerto? --- Schneider me levantó como un muñeco de trapo me golpeó múltiples veces en el estómago con su mano derecha, hasta que el aire abandono mis pulmones y un par de costillas debieron astillarse, después golpeó mi rosto hasta quedar satisfecho y que me sangrará la nariz y la boca. --- Siempre fuiste muy hábil con las palabras, ¿Quieres decir tus palabras finales? ---
--- Si, Dónde está…, ¿dónde está tu hija? --- Schneider perdió la concentración unos segundos, mientras buscaba con la vista a Katherine. Aproveché ese instante para golpear su nariz con mi frente en dos ocasiones y después con mi codo hasta escuchar que se fragmentara. Aarón Schneider era una mole de musculo, pero no había entrenamiento físico para proteger tus órganos vitales. Golpeé con fuerza sus riñones y después sus partes blandas, le di rodillazos en el plexo y finalmente lo derribé en el hielo. Un helicóptero nos rodeaba, pensaba que ya los habían derribado todos, así que me apresuré, golpeé la cabeza de Aarón contra el hielo ininterrumpidamente hasta que su cabeza o mis manos se

quebraran con el hielo, pero lo primero en quebrarse fue el hielo, un agujero del tamaño de la cabeza de Schneider y lo sumergí hasta los hombros. Schneider no se movía y el agua congelada del lago se tornaba roja.

--- ¡A él! --- Escuché a la distancia como me reconocían los hombres de NOM, pues los hombres de BetaTech habían muerto junto con su líder. Los disparos cayeron como lluvia sobre mí y gracias a la fortuna ninguno acertó, me moví tan rápido como mis piernas cansadas y mi cuerpo lacerado me lo permitían, me interné en el bosque que Katherine había sido tan amable de enseñarme. Llegué hasta a un camino y observé a un coche volcado que comenzaba a incendiarse, me pareció ver a una mujer y a un hombre en el interior, pero me pareció familiar, no tarde en darme cuenta eran ellos--- Oh no, ¡Sharon!, ¡Aghbad!, ¿están bien? --- Schneider me había hecho puré, pero aun así mis amigos me necesitaban, abrí la puerta del copiloto, Sharon colgaba del cinturón de seguridad ensangrentada, parecía mal herida. --- ¡Sharon!, ¡Sharon! ¿Me escuchas? --- Abrió los ojos, pero no eran los ojos color miel de Sharon, era Katherine con su electrizante color verde.

--- ¿Eliot? --- Me reconoció la chica

--- ¿Qué ha pasado? ---

--- Fueron los hombres de Sia--- Aghbad se liberó del cinturón de seguridad y salió arrastrándose del auto volcado, yo liberé a Katherine y la puse a salvo.

--- ¿Qué ha pasado? --- Le pregunté a Aghbad que se veía tan lastimado como yo

--- Nos emboscaron, era un convoy de Sia, nos siguieron por la autopista, intenté perderlos, pero nos embistieron, perdí el control. Llegaron y se llevaron a Sharon---

--- Habrán creído que se trataba de Katherine--- Repuse

--- No, vieron a las dos y escuché claramente como uno de ellos, decía que debían llevarse a la mujer de los ojos miel. Buscaban a Sharon---

--- Mierda, eso no era parte del plan---

--- Ichabod, ¿Significa que Sia sabe que eres tú, él qué va tras LOS CINCO? ---Una luz cegadora nos a punto desde el cielo, proveniente de un helicóptero--- Mierda, un helicóptero de Sia---

--- Peor, son las noticias. Vámonos--- Le ordené

--- ¿Qué pasa con la otra chica? ---

--- Katherine estará bien, ahora saben en donde está--- Comenzamos a desplazarnos nuevamente por el bosque internándonos en la oscuridad. Si Sia sabía que yo estaba tras los atentados del Vaticano y de Berlín, sabía que iría tras ella. El elemento sorpresa se había perdido, pero no podía detenerme, aun necesitaba el código que guardaba Sia y también rescatar a Sharon.

Sharon se levantó por la mañana sin saber muy bien en donde estaba o como había llegado, sus heridas estaban todas atendidas y su salud se podía decir que era óptima. Sharon se examinó con cierta cautela, no parecía tener heridas visibles en el cuerpo, se levantó y estaba desnuda, pero no se intimido por la falta de atuendo, se examinó en el espejo del baño en aquella habitación pulcramente cuidada y con un decorado sobrio de un solo cuadro y un par de muebles. A pesar de ello, se sentía muy hogareño, a diferencia de las grandes suites de los hoteles en los que se hospedaba en compañía de Ichabod. Se examinó el rostro a detalle, no parecía tener otro implante subcutáneo, aunque le habían retirado aquel con el que se comunicaba con Ichabod y Aghbad. Una vez satisfecha con su inspección busco algo de ropa, pero sólo pudo encontrar una bata en el baño, que sin duda sería mejor que nada. Al terminar de colocársela la puerta principal de la habitación se abrió y por ella entró una mujer muy elegante, de edad avanzada, pero con un semblante sensual y de rasgos orientales. Sharon la reconoció de inmediato.

--- Usted es, Sia Hiwatari, la actual dirigente del comité del Nuevo Orden Mundial--- Sharon no ocultó su sorpresa, pero se estremeció al pensar que aquella mujer era la siguiente en la lista de Ichabod---

--- Así es querida, supongo que me conoces porqué yo soy su enemiga más poderosa, pero por favor puedes llamarme Sia--- Lady Hiwatari como también era llamada sirvió una taza de té para ella y otra para su huésped. La invitó a sentarse--- Tu debes ser la señorita Liad, es un placer conocerte querida, tus habilidades son muy reconocidas en Jerusalén, Pakistán, Israel y Jordania. Dime ¿Cómo es que una chica sueca con tan talento como tú, termino trabajando para alguien como Ichabod Eliot? ---

---No tengo por qué contestarle eso--- Replicó la chica con fuerza y determinación.

--- Oh, pero me lo debes querida, yo ordené que te curaran todas las heridas y te retiraran ese feo implante que usabas para comunicarte. Veras, si contestas o no realmente no importa, estás aquí para atraer la atención del joven Eliot. Estoy seguro que te compartió parte de su plan para dominar el mundo y que no quiere que yo o el mundo se enteré---

---Ichabod no quiere conquistar el mundo, el busca regresarles el mundo a las personas---

---Oh querida, hablas con tanta pasión que hasta me tientas a creerte, aunque sea un poco. Ichabod Eliot siempre ha querido dominar el mundo, hasta mandó asesinar a Franz Müller, su mejor amigo para lograrlo---

--- Eso no es cierto, él nos dijo que ustedes lo habían mandado asesinar--

--- Oh querida, querida. Franz Müller era el líder de LOS CINCO, el hombre más inteligente del mundo. Además, en los juegos olímpicos de Marruecos, fue él, Müller, él único en oponerse al plan de Eliot para conquistar al mundo persona a persona. Y ¿qué crees que paso tres meses después?, una orden complacida por LOS CINCO, qué el mismo elaboró nos llegó para matar a Franz Müller y así con la muerte del hombre del hombre más listo del mundo, el segundo hombre más listo del mundo subió al poder de LOS CINCO. Ichabod Eliot reclamó para sí el poder, pero su ambición fue demasiada, Evelyn Blue, quien por cierto es su novia, subió a ocupar el lugar de Franz Müller y entonces comenzar así su plan de conquista mundial. Con Evelyn en el lugar de Müller, estoy segura que Eliot planeaba compartir el poder con su amada, en cierta medida aun lo creo, pues estoy segura que nunca les ha hablado del plan para matar a Evelyn Blue ¿Oh si querida?--- Sharon se quedó en silenció, era verdad, los planes para matar a LOS CINCO, no incluían a Evelyn Blue, solamente a Salahadim, Aarón y Sia Hiwatari, incluso una vez lo escucharon cavilando la muerte del profeta de los medios, Pablo Agustus Strafford, mas nunca la de Evelyn Blue.--- Por tu cara veo que tengo razón. Una vez que me mate seguramente ira por el chico nuevo, Strafford. ¿Sabes que es lo más horrible? No sólo mato a su mejor amigo por interponerse en sus planes, mató a la mujer que más lo amaba en el mundo. Salahadim confió en su amor por Ichabod, habían sido novios cuando los CABALLEROS los encontraron y formaron parte del programa de desarrollo de LOS CINCO, por eso Ichabod sabía cómo ingresar al área segura del Vaticano, sabía que Salahadim odiaba la sensación de sudor en su piel y por eso se quitaría el disfraz. Aarón Schneider, fue también muy cercano a Ichabod, eran compañeros de borracheras. Schneider fue quien descubrió el talento de Ichabod que era sólo un niño pobre en las calles mugrientas y delictivas de México. Ahora sabes por qué se lleva también con criminales y gente como tú querida, por qué sabe decirles exactamente lo que quieren oír, Ichabod Eliot, no es más que un terrorista que desea conquistar el mundo y por eso busca reconfigurar el Prometeo, para que solamente él y su novia sean los líderes del mundo. Romántico ¿No te parece? --- Sharon no contestó, se quedó sorprendida, había cosas que nunca antes había escuchado, pero ahora entendía como era que Ichabod conocía tan bien las rutinas de sus blancos, ciertamente era un hombre capaz de investigar y engañar a las personas con sus fines. Sharon sintió como si sus esperanzas se desvanecieran, sintiéndose profundamente decepcionada y traicionada.

--- Yo…, yo creí en él--- Sharon sabía que las lágrimas habían comenzado a deslizarse por sus mejillas de manera incontrolada, a pesar de que ella seguía erguida.

--- Lo sé, pero no te preocupes querida. El día de hoy tenemos una reunión con los máximos líderes mundiales, sin lugar a dudas Eliot me hará una vista hoy y buscará terminar con mi vida. Sabe que yo soy su enemiga más peligrosa, así que estás más que invitada preciosa, para que veas morir con tus propios ojos al hombre que te engañó--- Sia Hiwatari se levantó de la silla y abrió la puerta, dos hombres uniformados dejaron sobre la cama un traje elegante y un distintivo representativo de los miembros del NOM de su país de origen. Suecia, que a pesar que no había sido integrado en las juntas anteriores, ahora ella parecía ser la representativa de su nación e invitada de honor para tan emotivo momento. Sharon se dio un largo baño y se arregló a conciencia, no tenía forma de hablar con Ichabod o con Aghbad, además por lo que había visto en las noticias Ichabod había pasado a ser el hombre más buscado sobre la faz de la tierra. Había sido vinculado al asesinato del sumo pontífice al poner su imagen sobre lo ocurrido y con las imágenes del secuestro de Katherine Schneider y la muerte de Aarón Schneider, Ichabod Eliot, nunca podría llegar al caribe, que era donde se encontraban ahora mismo, para terminar con Sia Hiwatari y terminar su diabólica misión. Sharon se quedó en el balcón del hotel después de arreglarse viendo el mar a la lejanía, las personas parecían felices y tranquilas, llevando su vida con normalidad. Sharon por un instante pensó en arrojarse al vació que la llamaba, después de todo su vida siempre había estado vacía, pero al final no tuvo el valor para hacerlo y regreso al interior de su habitación.

El edificio donde se llevaría a cabo la congregación de líderes mundiales, era tan alto como un monstruo de concreto y cristal, vigilado por el equipo especial de NOM y por oficiales de inteligencia de todos los países participantes y los dos imperios que se habían formado después de las guerras de la fe y la guerra de las dos potencias. Así que el lugar era vigilado incluso por los satélites de BetaTech, ahora en poder de la heredera Katherine, quien al morir su padre, habría heredado el poder militar más grandioso del mundo y nuevamente, Sharon se cuestionó si acaso Ichabod tendría alguna especie de acuerdo con Katherine desde antes, para que ella obtuviera el poder de su padre. Sumergida en sus tristes pensamientos Sharon no prestaba atención a los hombres de su alrededor, presidentes de todas las naciones reunidos por la convocatoria de una sola mujer. Sia Hiwatari había sido el miembro más longevo de LOS CINCO y uno de los más respetados, por haber permanecido durante tantos ciclos como la mujer más inteligente del mundo, sin duda su importancia política y social la hacían la más digna de las sucesoras para regir el mundo. Durante la recepción existieron innumerables ocasiones en las que Ichabod pudo intentar infiltrarse, el flujo de personas era impresionante, pero todos tenían prohibido ocultar su rostro. Sharon se preguntó si Ichabod tenía también gente infiltrada en aquellos círculos tan altos, pues sin lugar a dudas la información que constantemente recibía lo mantenían un paso por delante de sus adversarios. Pero el poder social de Sia parecía estar a la par con la información que recibía Eliot. Durante la reunión se trataron diferentes temas, muchos de ellos no entendían del todo y muchos otros, ellos tres habían sido los responsables directos, aun así, Sharon continuó esperando la entrada de Ichabod, permanecia alerta y no parecía a ver señales de él. Comenzó a preguntarse si de verdad aparecería o esperaría a llegar a otro momento. Sia Hiwatari parecía tan ansiosa como Sharon, moviéndose de un lado a otro mientras presidia la reunión con los líderes mundiales y algunos de ellos comenzaron a impacientarse, pues después de un par de horas, Sia comenzó a impacientarse y alargar sus intervenciones con pretextos tontos e insulsos, que desesperaban a los mandatarios, cada vez siendo más visible su frustración y los medios de comunicación presentes, comenzaban a hacer eco de aquella transmisión en vivo, al ver que la siempre calmada Sia Hiwatari parecía alarmada. Fue después de la presentación de Albania con respecto al exterminio de los cuchillos del desierto, que Sia parecía a punto de explotar, tenía hombres apostados en cada entrada, pero no había movimientos o murmullos, tenía espías, francotiradores, hombres infiltrados, pero no había movimientos inusuales, la mujer miraba a todos con detenimiento, buscaba cualquier señal de alarma, pero no veía nada, inspeccionó el agua de su vaso, hacía sentir incomodos a todos, hasta que un hombre se levantó.

--- Señora delegada, le pedimos que controle su comportamiento, si no se siente en condiciones de presidir, deje que alguien más lo haga--- El país que se levanto fue el presidente de Norte América o lo que quedaba de ellos, causando una gran ola de murmullo.

--- Ustedes no lo entienden, él está aquí, sabe que soy su objetivo más fuerte y está es su mejor opción para acabar con mi vida, él debe estar por aparecer y yo debo vencerlo--- Después de las palabras de Sia, Sharon sintió una punzada en su corazón. Ichabod estaba atacando a Sia en lo que más le dolía, la atacaba en el orgullo. Ella lo había descubierto, eso era cierto y con eso, Sia esperaba que Ichabod corriera a atacarla y así demostrar que ella era no solamente la mujer más lista del mundo, también demostrar que era mejor que Ichabod, pero la ausencia de Ichabod en su plan comenzaba a desequilibrarla.

--- Delegada Hiwatari, retírese--- Esta vez fue el presidente de Rusia quien ordenó su retirada y Sia se enfrasco contra él.

--- Oh entiendo, ustedes están con él, están con el terrorista---Sia apretó un botón en el atril y varias pantallas se desplegaron--- Claro, él les pagó para que me atacaran, yo soy su enemiga más poderosa--- En las pantallas se mostraba el asesinato en el Vaticano y también en Berlín, con el rostro de Ichabod Eliot--- Si,

¡Ustedes están con el terrorista!--- Sia llamó a las fuerzas del NOM para que apresarán a los mandatarios y de inmediato el comando armado del NOM apareció en escena apuntando a los diferentes líderes.

--- delegada Sia ¿qué significa esto? --- La presidenta de Argentina se levantó de su lugar visiblemente molesta por los ataques en contra de su persona--- ¿Cómo puede acusarnos de participar con ese terrorista? ---

--- Ustedes están con él, yo soy su enemiga más poderosa, no puede darse el lujo de no hacer nada contra mí--- La televisión global distribuyó la noticia con gran fuerza a impacto, en instantes el mundo enteró había sido testigo del colapso nervioso de la mujer que dirigía el poder político del mundo y frente a sus ojos amenazaba a los diferentes mandatarios a nivel mundial.

---- Esto es un abuso, no podemos permitirlo--- Amenazó el presidente de Norte América y en el acto comandos armados de BetaTech aparecieron por las puertas disparando contra las fuerzas de Sia. De los cristales cayeron más hombres que se confundían entre ellos de organización y se atacaban los unos a los otros, los mandatarios corrían o se escondían debajo de sus asientos en intentos vanos por escapar.

--- ¡No!, nadie puede salir--- Sia apretó un segundo dispositivo y grandes placas de acero dejaron los accesos inservibles e impedían que alguien escapará a la masacre. Un activó de BetaTech disparó al hombro de Sia y la derribó ante la sorpresa de la propia mujer. Entonces aquel soldado se retiró la máscara y la observó--- Lo sabía, no podías dejar que tu enemigo más poderoso saliera ileso, ¿no es verdad? Ichabod Eliot--- Expresó la mujer al ver el cabello negro de Ichabod y su mirada noble

--- En realidad querida, tú terminaste contigo--- Coloqué el casco táctico de BetaTech sobre el atril para mirar a los ojos a aquella mujer--- ¿Conoces a Katherine Schneider? Es la hija de Aarón Schneider, parece que es igual de vengativa que su padre. No debiste enviar a tus hombres para matar a los escoltas de su padre. Su hija nos envió a cobrar tú deuda---

--- Supongo, ya estarás contento, ahora tú y tu mujer tienen el camino libre, no te costará nada deshacerte de tu heredero, mataras al profeta de los medios y el mundo será tuyo--- Sia me odiaba en verdad, podía notarlo en sus palabras, verlo en sus ojos. Ella era la tercera en la línea de mando de LOS CINCO, con el asesinato de

Franz Müller y mi muerte, ella tenía el camino libre al mando, pensaba que ella había manipulado a Salahadim y a los otros para ordenar nuestras muertes, pero ella creía que yo quería dominar al mundo---

--- Siento desilusionarte, pero yo no quiero el mundo para mí y ahora tampoco te pertenecerá. Tú ordenaste la muerte de Franz Müller y luego la mía, así tendrías el camino libre para gobernar a LOS CINCO. Mucho me temó que no lograras--- Sia comenzó a reírse y la sangre comenzó a brotar de su herida, pero su risa me perturbó, era una risa maniática, perdida y enferma, por un momento me atemorizó que su nivel de locura hubiese alcanzado ese grado de daño.

--- Entonces…, entonces has sido manipulado desde el principio--- Me dijo y continuó con su risa a pesar de estar moribunda--- Ten, aquí está mi clave de Prometeo, llévasela querido, ella te está esperando--- Me dio la USB que contenía la información que yo requería para reconfigurar el Prometeo y continuó riéndose.

--- Creo que al final te volviste loca, querida Sia--- Le dije aun desconcertado

--- Debí imaginarlo, no importa que tan listo sea un hombre, aun piensa con lo que tiene entre sus pantalones y no con la cabeza. Muy bien, acaba con mi vida, te está esperando un destino peor que el mío---   No disparé a Sia, pero ella se abrió la blusa para mostrarme el interior. Al final había temido que no pudiera vencerme y se colocó una bomba de tiempo en el pecho. Alcé la mirada y observé en las pantallas aparecían diferentes dispositivos explosivos. Sia me quería muerto y se llevaría a todos con ella.

--- Aghbad, Sharon, ¡vámonos! --- Me dirigí a donde Aghbad había puesto a salvo a Sharon quien me miró con odio.

--- Yo no iré contigo, tú eres el que quiere dominar al mundo--- Me reclamó

--- Escucha no sé qué te dijo Sia, pero dame una oportunidad, creo que todos hemos sido engañados--- Activé en mi muñeca un dispositivo de rastreo, teníamos pocos minutos. Aghbad disparó su rifle de asalto BetaTech y abrió un hueco en la pared, estábamos en el piso quince, debajo de nosotros sólo había una caída mortal. El rotor del vehículo de escape se escuchaba a la lejanía, preparé mi arma y ajustamos a Sharon al arnés de Aghbad. Ambos disparamos simultáneamente y nos enganchamos del avión de exploración para espacios urbanos y salimos proyectados al aire, jalados por aquel mini avión táctico. Algunos mandatarios se asomaron por la abertura que hicimos, pero ninguno logro escapar, cuando el fuego consumió el edificio en una columna de fuego que perforó el cielo de medio día. La locura de Sia Hiwatari y el colapso de la política mundial, así llamaron los medios al incidente de aquel día. El crédito y la culpa de todo la recibió Sia y la idea del terrorista fue plantada en la cabeza de la gente, así que, junto con ella, me volví el hombre más buscado del mundo. Al principio el plan era simple, acabaría con los que mataron a Franz Müller y le pediría a Evelyn que detuviera el Prometeo, pero si Sia tenía razón y alguien me había manipulado, sólo había una persona capaz de hacerlo. Evelyn Blue sabía que la amaba y que no sería capaz de matarla. Mi corazón se destrozó y me acercaba a una trampa. Sharon y Aghbad no tenían por qué pagar por mí locura. Así que tendría que hacer algo por ellos y sabía en qué lugar podía hacerlo.

Sharon me contó todo el contenido de su plática con Sia, en el edificio de la diplomacia en las islas del caribe. El asesinato de Franz Müller para mí había sido un total misterio desde el principio, así que me confié de mis fuentes de información, para recabar las pistas. Ahora después de todo lo sucedido, sabía que lo que tenía que hacer era compartir con ellos todo lo que sabía. Nos establecimos en un pequeño comerció en las costas de México, era un humilde restaurante con cierta reputación en la zona, pero lo más importante es que tenían la mejor cerveza del mundo, nos sentamos en una mesa con publicidad de la última marca refresquera del mundo y ordenamos la que sería nuestra última comida juntos.

--- ¿Qué querías decirnos Ichabod? --- Me preguntó Aghbad algo más cómodo por el calor

--- Señorita, disculpe, podría traerme todos los periódicos y diarios de las últimas semanas por favor--- La chica que atendía era una joven muy simpática, aunque algo regordeta, aun así, cumplió con diligencia mi encargo y me entregó todos los periódicos que pudo, eran más de seis. Al dueño del lugar le gustaba leer y sobre todo le gustaba coleccionar periódicos, sabía que para él no habría ningún problema. --- Quiero que extiendan las hojas del periódico y obedezcan estas reglas--- A los dos les entregue una página en donde contenía detalladamente dos abecedarios, uno como el que conocían y otro más donde las letras ordinarias tenían otro significado, al sobre ponerlas en las páginas de los periódicos podían encontrarse mensajes cifrados.

--- Esto es increíble, has estado usando los medios de comunicación para enterarte de los movimientos de LOS CINCO. ¿Cómo es que el profeta de los medios no te ha descubierto? --- Me interrogó Sharon, pero la realidad es que yo me preguntaba lo mismo. Aunque tenía una teoría al respecto---

--- Creo que las nuevas tendencias, los periódicos en línea y las notas que llegan por giganet, así como la radio y la televisión, son las prioridades del nuevo profeta, a decir verdad, creo que soy el único que lee lo impreso. Verán el código que tienen en sus manos ahora mismo se llama: El fin de la palabra---

--- ¿El fin de la palabra? --- Respondió Aghbad confundido

--- ¿Qué esa no es la enciclopedia viejísima que regalan puerta a puerta? --- Continuó Sharon

--- Es un código que diseñé con la esperanza de poder continuar en contacto con mi padre y mis hermanos y lo oculté en las cosas que sabía que ellos podían leer, con la esperanza de que lo descifraran y me escribieran---

--- Y funciono ¿Verdad?, por eso es que recibías información precisa sobre LOS CINCO y sobre lo que sucedía en el mundo---

--- No Aghbad, si hubiese funcionado ya me hubiesen reconocido--- Contesté con mucha tristeza y soledad.

--- En este lugar., está tu familia ¿Verdad? --- Sharon se giró buscando rostros familiares, pero al igual que yo no pudo reconocer a nadie.

--- Así es, yo nunca les perdí la pista, pero ellos me olvidaron, me creyeron secuestrado y después, simplemente me dejaron de buscar. En el fin de la palabra, está escrito todo lo que pase por el reclutamiento de los CABALLEROS, como nos seleccionan desde que somos niños, lo que les dicen a nuestros padres, que algunos no rompen sus lazos familiares y también quienes son y donde se encuentran. La única persona a la que alguna vez le dije esto, fue a la mujer con la que creí que me casaría---

--- Evelyn..., Blue---

--- Así es, Sharon. Creo que Evelyn Blue me estuvo dando la información que necesitaba para cazar a LOS CINCO y así abrirle el camino que ella necesitaba. Pensando que traía justicia para mi amigo, lo que realmente hice fue despejarle el camino a su asesina---

---Así que Evelyn Blue, asesinó a Franz Müller, ocupó su lugar y te ha manipulado para que asesinaras a los demás miembros de LOS CINCO--- Dedujó Aghbad

--- Y ahora te estará esperando para que intentes reprogramar el Prometeo y ahí asesinarte---

--- Mucho me temó que así es--- Sharon

--- ¿Qué harás ahora que lo sabes Ichabod? ---

--- No me quedan muchas opciones amigo mío. Evelyn ahora tiene todo el tiempo que necesita para reprogramar el Prometeo a su gusto y conveniencia, hará del Prometeo su instrumento y si tardo demasiado en usar los códigos que tenemos, después será inútil. Lo único que puedo hacer es esperar al día del lanzamiento, que Evelyn centre su atención en buscarme entre una multitud misteriosa e intentar decodificar el Prometeo---

---Te ayudaremos--- Respondió Sharon con entusiasmo

--- No, esta vez no---

--- Tú me ayudaste Ichabod Eliot, en el conflicto en Israel, tú me permitiste enfrentarme al responsable de entregar las armas a los ejércitos opositores, ahora es mi turno de ayudarte en tu pelea---

--- No Aghbad, el conflicto en Israel también fue algo que LOS CINCO planearon, en cierta medida yo soy culpable de tu dolor y sufrimiento, lo mismo del dolor de Sharon. No Aghbad ustedes ya me ayudaron, han ayudado a llegar aquí y tener una oportunidad de resarcir todo el mal que he causado en el mundo. --- Sharon clavó sus ojos en mí y la presencia de Aghbad aún se mantenía intimidante, ellos sabían que yo era culpable, cuando los recluté compartí con ellos la verdad y habían aprendido a perdonarme, pero no podía esperar lo mismo del mundo entero. --- El pago acordado por sus servicios está en estas cuentas bancarias. Están a estos nombres, son sus nuevas identidades, con ellas podrán vivir plenamente el resto de sus vidas, sin preocuparse nunca más por el dinero. Aun así úsenlo con sabiduría, el consumismo nos llevó años atrás a las guerras, así que tengan cuidado. --- Ninguno parecía dispuesto a ponerse de pie, así que los obligue, no sabía cómo había podido ganarme su lealtad de esa forma--- Aghbad tienes esposa y dos hijos, ve con ellos, velos crecer, te prometo que lo harán en un mundo de libertad como el que nunca hemos conocido, ellos podrán experimentar un mundo nuevo, lleno de posibilidades. Sharon, yo te robé tu felicidad, destrocé tu mundo, por favor vive plenamente, ingresa a la universidad, estudia y aprende lo que quieras, ahora tienes el dinero para hacer tu propia fortuna, para crecer y enamorarte. Conoce lo que yo te arrebaté--- Sharon se levantó y me miró con los ojos en color miel humedecidos por mis palabras, cielos aquella mujer tenía unos ojos preciosos, nunca me había dado cuenta, para mí siempre había sido sólo un soldado valioso.

--- No te atrevas a morir--- Me dijo con la voz entre cortada y luego me besó. No esperaba aquella reacción de parte de ella, aun así, asumí su amor y su atracción con dulzura, era el primer beso que podría considerar de amor verdadero.

--- No lo haré--- Le dije al terminar y separarnos. Después de ese momento se marcharon los dos por caminos separados, sin despedirse el uno del otro y dejándome a mí en la entrada de aquel restaurante en la costa, con la agradable briza del verano sobre mi rostro y una cara de satisfacción, al menos, no los arrastraría conmigo hasta el final.

--- Vaya así que lo dejaron sólo, aquí está su comida--- La agradable chica llegó con la comida que ordenamos y se retiró, me senté para observar el mar de las preciosas costas mexicanas y comencé a comer. Pasaron un par de horas y entonces una pareja entrada en años muy agradables se pararon a mi costado.

--- Perdón joven, ¿podemos sentarnos con usted? --- Me dijo aquel caballero de semblante amable y ojos coquetos, acompañado de una hermosa mujer de ojos celestes y cabello gris y negro. Yo los reconocí a los dos, la verdad es que nunca los había olvidado, pero ellos no me reconocerían a mí, la realidad es que no me estaban buscando.

--- Adelante caballero, señorita, por favor--- Dije mostrándome honestamente encantado de su compañía.

--- Ningún joven tan atractivo como usted debería comer sólo, no importa si su novia lo dejo aquí--- Me dijo la mujer con una sonrisa profundamente amable

--- ¿Mi novia? --- Pregunté sorprendido, pero después del beso de despedida con Sharon, creo que no podía culparlos por confundirse--- Bueno, a veces hay que dejar ir a las mujeres---

--- Claro que no joven--- Me regañó la mujer

--- Cuando el amor llega a tu vida, debes perseguirlo, no importa las dificultades--- Aquel hombre me miraba tan tiernamente que me inquietaba, era como si supieran quien era.

--- Bueno, quizás tengan razón, pero primero debo terminar mi trabajo---

--- Oh sabe, tenemos un hijo, sólo es un poco menor que usted, se la pasaba trabajando siempre, dice que es para ayudarnos a nosotros y a sus hermanos. Nosotros le decimos que el trabajo nunca debe ser más importante que la familia, por qué al final joven, el trabajo no lo va a cuidar como si lo harán sus hermanos, sus padres o sus esposas e hijos. No se deje absorber por su trabajo--- Me recomendó aquel hombre y me regaló una sonrisa sincera.

--- Nosotros tuvimos un hijo mayor. De su edad aproximadamente o un quizás un poco más joven, si no hubiéramos estado inmersos en tanto trabajo, no habríamos perdido a nuestro hijo y hubiésemos visto los signos de inconformidad en él, no se habría escapado de nuestro lado--- Los ojos de la mujer se humedecieron y yo me sentí estremecido, quizás si mi educación no hubiese sido tan estricta para ser listo, la habría abrazado ahí mismo y me hubiese revelado, pero lo más seguro es que no me creyeran.

--- Quizás su hijo, sigue haciendo su mejor esfuerzo por hacerlos sentir orgullosos--- Les dije

--- Oh, pero nuestros hijos no tienen por qué preocuparse por eso--- Me respondió la mujer

--- Lo único que deben hacer es ser felices--- Confirmó el padre y me invitó una cerveza--- Verá no hay mayor orgullo, para un padre que el que su hijo sea un hombre de bien, pero nunca deben olvidarse de ser felices y al serlo, serán hombres de bien---

--- ¿Todos sus hijos son hombres de bien? --- Pregunté conmovido ocultando mis sentimientos

--- Todos son felices--- Me contestó la mujer y no necesite preguntar nada más. La pareja se retiró con el atardecer y yo dejé la más generosa propina para el lugar que nunca antes hubiese dejado. Me retiré cuando la oscuridad comenzaba a instalarse y me pregunté qué sería de mis hermanos. Supongo que al final después de haber crecido con ellos, sería un hombre diferente al que era ahora mismo y nunca habría estado con LOS CINCO. Caminé por las calles de las costas de México, que estaban llenas de música, folklore y color, donde se respiraba armonía y donde los tiempos más violentos habían quedado atrás. Pues cada vez que LOS CINCO eran escogidos, casi como un instinto, intentábamos hacer de nuestros hogares un lugar mejor y en mi caso, con esa idea había creado el Prometeo. El Prometeo nos permitía tomar las decisiones por las personas, acabar con el narcotráfico y con el terrorismo, con la pobreza, los abusos de autoridad, la corrupción y las guerras, pues nosotros tomaríamos las decisiones directamente desde el subconsciente de las personas y así evitaríamos que tomaran decisiones nocivas para la sociedad, sin embargo, eso les quitaría la oportunidad de decidir y de ser personas, de aprender de sus errores y de mejorar. Desafortunadamente la única persona que había visto el peligro potencial del Prometeo, había sido Franz Müller y por eso lo habían mandado matar. Supongo que al final fue él, un hombre que se preocupaba por desviar fondos a las obras de caridad y por qué los niños huérfanos de las guerras tuvieran un presupuesto mundial, el que más merecía dirigir a LOS CINCO. Ahora no tenía otra opción, yo debía asesinar a la mujer que había causado su muerte y con ella debía destruir el trabajo de mi vida. ¿Me preguntó si tendré otra vida? Me gustaría pasar más tiempo con mi familia y quizás dedicarle un poco más de tiempo a alguien como Sharon y Aghbad. Con ese pensamiento me quede viendo la marea del mar hasta que la noche quedó perfectamente instalada en el cielo.

Llegó la noche del fin del mundo. Para que mi plan tuviera éxito necesitaba llegar hasta el centro de operaciones en SKYLAND y de ahí jaquear el sistema de Prometeo, antes de que fuera lanzado a nivel mundial, la madrugada del dieciséis de septiembre en el aniversario de la independencia de México. Manejaba con rapidez por las calles futuristas de un México renovado tecnológicamente, donde los coches eran más inteligentes que las personas que los manejaban y donde nos sentíamos abrumados, por la cantidad de información basura en las calles, que se proyectaba mediante los hologramas más vistosos que pudiera una persona imaginar. México a diferencia del Vaticano o Berlín, no conservaba sus raíces, las había cambiado hacía mucho tiempo por ser la primera exportadora de tecnología y estar a la par con el llamado primero mundo, así que sufríamos de una transformación tecnología brutal. El caminó hasta la torre latinoamericana, también conocida como la torre SKYLAND Latino, se encontraba fuertemente custodiada por activos de SKYLAND con armamento de BetaTech, a diferencia de mis anteriores enfrentamientos, no tenía un plan para acabar con sus fuerzas o infiltrarme por ellas, así que hice lo que todo mexicano debía hacer. Me fajé bien fuerte los pantalones y busqué un modo de infiltrarme. Estacioné mi auto en uno de los edificios más cercanos a la torre de SKYLAND y me infiltré por él. Se trataba de unas oficinas de seguros así que sólo estaba el vigilante en turno que puse a dormir con un narcótico tranquilizante disparado a su cuello, el pobre no despertaría hasta dentro de seis horas y para ese momento yo ya esperaba estar muerto. Entré a un par de oficinas con una serie de leyendas con mi imagen, durante muchos años yo fui la referencia mediática a nivel mundial, había hecho una fortuna amasando los medios de comunicación globalizados, con ayuda por supuesto de LOS CINCO, de dos generaciones atrás de la mía y de mi propia generación. Durante años se había conocido mi nombre y había sido una referencia de éxito y poder, incluso el día que se anunció el catastrófico anuncio de la caída de mi avión privado, muchas personas se habían preguntado ¿qué había sucedido en realidad? Se manejaron tantas teorías sobre mi muerte y la muerte simultanea de Franz Müller al otro lado del mundo, otro joven prodigio que con su intelecto estaba conquistando al mundo. Fue a partir de ese día que recibí el primer correo con la información sobre el asesinato de Franz Müller y la orden firmada por los cinco. Evelyn Blue me había dicho que alguien había falsificado mi firma y con ella Salahadim había ordenado su asesinato en un avión, sobreviví gracias a la suerte y a mis recursos legítimos, los que no tenía nada que ver con mi imperio mediático y de esa manera pude conocer a Aghbad. El intento de asesinato sucedió justo sobre territorio de Israel, Aghbad me sacó de aquel avión en llamas y me cuidó, el pertenecía a la resistencia y después de encontrarme se preparaban para realizar el golpe final. Yo sabía que su intento tendría éxito, así lo habíamos planeado y habíamos puesto las condiciones para que no fallaran. Una vez que Aghbad se sintió agradecido con mi información de primera mano y que yo me comprometiera a ayudarlo en agradecimiento por salvarme de mi avión en llamas, nos hicimos amigos y comenzamos nuestro viaje por el mundo. En este momento me sentía igual que cuando empezamos, nuestros viajes juntos. Disparé a través de la ventana la línea que serviría para deslizarme hasta la torre de SKYLAND, el ruido no alertó a los oficiales que custodiaban la entrada de la torre y con un poco de suerte, tampoco alertarían a los guardias al interior del edificio. Dejé caer desde la línea una pequeña esfera que funcionaba como sonar, me enviaba directamente a mi reloj de pantalla tipo Tablet, la posición de todos los objetos al interior del edificio. BetaTech hacía grandes productos y Katherine se sentía en deuda conmigo por rebelarle los secretos de su padre, así que me dio una serie de juguetitos muy geniales, para mi misión. Me dejé deslizar por la línea y llegué hasta la ventana de SKYLAND, todo parecía muy tranquilo y seguro. Así que preparé el rifle de asalto y me encaminé a la salida. Aghbad me había dado un curso de supervivencia militar, que incluía además técnicas de combate con armas y sin ellas, así que me sentía seguro. Avancé por el pasillo hasta llegar a la consola de acceso de SKYLAND, coloqué una rodilla en el piso y subí un puerto USB hasta la consola de acceso, de ahí instalé un virus de acceso y la puerta principal se abrió. Me metí en la habitación y observaba los movimientos de los agentes a través del escáner en mi brazo. Todo parecía en orden, aun no se movían de sus rutinas ordinarias. El ordenador central de SKYLAND tenía la figura de un humano, ahora las tecnologías más avanzadas tenían formas humanas, por si necesitaban preservar su esencia y escapar, la inteligencia artificial era móvil y hacía en cierta meneara más seguro el control y acceso a la información importante. Instalé en el cerebro de aquella figura humanoide las dos USB que les había quitado a los otros miembros de LOS CINCO y la que Franz Müller me había dado antes de morir, de inmediato aquella figura humanoide encendió sus ojos. --- Configuración de Prometeo aceptada, transfiriendo los datos a ordenador central de SKYLAND--- Anunció con una voz grabada

--- ¿Qué estás haciendo? --- Tenía que reconfigurar la información no transferirla, entonces un holograma se proyectó en la pared y apareció la figura de Evelyn Blue.

---Ah veo que finalmente llegaste Ichabod. Gracias por quitarles mi valioso sistema de codificación a Sia y Aarón, esperó no te hayan causado muchos problemas. Bueno siendo tú creo que lo resolviste de manera maravillosa. Ahora puedo reconfigurar desde mi oficina las capacidades de Prometeo. Te invitaría a venir y celebrar junto conmigo la independencia de tu país, pero bueno, no creo que vivas está noche--- La hermosa figura de Evelyn con aquellos ojos celestes fue remplazada por unos cinco segundos en un cronometro. Tan rápido como lo vi salté de la oficina y la I.A. explotó alertando a todos en el edificio. Tosí un par de veces a causa del humo y me reincorpore tan rápido como podía, los pitidos del escáner me estaban volviendo loco, coloqué mi rodilla izquierda en el suelo y disparé contra los hombres que aparecieron al final del corredor y luego me giré para matar al hombre que aparecería en mi espalda.--- ¿Sabes que es interesante Ichabod?, la ciudad que te vio nacer, también te verá morir--- De alguna manera Evelyn se había infiltrado en mi reloj, así que ahora la tendría que soportar en mi trayecto---Oh cuidado el protocolo dictamina que todas las entradas deben sellarse y también las ventanas, si quieres escapar tendrá que ser ahora--- Corrí por el pasillo a toda velocidad y disparé para atrofiar los sistemas de detención, la ventana frente a mí, que no terminó de bloquearse, pero guardas de SKYLAND aparecerían por la escalera y el pasillo detrás de mí. Arrojé un explosivo a la ventana y salté por ella justo antes de que comenzaran las ráfagas de los guardias y la granada explotará con todo y la pared que tenía enfrente. Antes de mi caída libre, disparé el gancho retráctil con el rifle de asalto y usé la línea como una liana para balancearme, pero no tuve suficiente altura, así que caí al suelo y debí rodarme. Los guardas del suelo me miraron y comenzaron a dispararme, me agazapé y me defendí arrojándoles una granada de luz que explotó en el aire cegándolos un poco. Permitiéndome correr hasta llegar a una motocicleta estacionada en uno de los edificios cercanos. Activé el mecanismo de auto destrucción de mi auto y este explotó al otro lado de la torre, los guardias se distrajeron pensando que había un segundo atacante y yo pude escapar con la motocicleta.--- Impresionante Ichabod, pero no estas a salvo--- Un helicóptero de la policía internacional metropolitana, encargada de la seguridad de todas las capitales del mundo y de sus presidentes, me apuntó con sus lámparas iluminando mi figura en mitad de la calle, disparándome con sus metralletas giratorias, al mismo tiempo que varias patrullas metropolitanas me perseguían por la calle. Aceleré a fondo a través de la autopista, al tiempo que las patrullas se acercaban y comenzaban a escanear mi vehículo para identificar de quien se trataba. Tardaron poco menos de minuto y medio, para identificar a su propietario y apagar el sistema de navegación de mi motocicleta, así que me alcanzarían rápidamente. Al instante coloqué el cable USB de mi reloj y jaqué ambos sistemas, el de la motocicleta y el de la patrulla, yo había ayudado a Aarón a crear los algoritmos base para su funcionamiento y pude restablecer mi marcha y bloquear la suya, acelerando la motocicleta, mientras observaba las luces de las patrullas que construían un cerco en la autopista sobre el distribuidor vial al que me acercaba. Forcé la maquina tanto como pude para poder tomar el mayor impulsó, pegando mi pecho al pecho de la máquina para ofrecer menos resistencia al viento y esperé una curva pronunciada sobre una de las zonas habitacionales de la ciudad. Las patrullas avanzaban hacia mí con rapidez en ambas direcciones y el helicóptero no me daba un respiro, disparando continuamente contra mí, la orden contra el terrorista era matarlo, no arrestarlo, una de las políticas más eficientes después de la desaparición de los derechos humanos. En la curva los policías comenzaron a disparar y las patrullas que me perseguían se detuvieron, yo no giré la motocicleta y rompiendo directamente le muro de contención salté a los tejados. Aterricé y pensé que la motocicleta se desarmaría, no estaba fabricada para esa clase de uso, aun así, me permitió saltar a un techo más cercano y después dejarla caer en el siguiente, salvando mi vida al sujetarme fuertemente de la azotea frente a mí. El traje de BetaTech me permitía condiciones superiores a las humanas, pero el traje se calentaba y perdía su eficiencia, si lo volvía a sobrecalentar, sería una prisión y no un escape el traerlo puesto. El helicóptero seguía iluminando la zona, donde la motocicleta cayó y explotó, entonces decidí que no quería más helicópteros en mi noche. Salí a la azotea y apunté con el rifle y justo cuando los pilotos me vieron disparé un proyectil explosivo generalmente usando para reventar paredes e hice volar en pedazos el helicóptero. Cambie la munición del rifle de asalto y la del proyectil, pero no tenía más línea de seguridad, así que no debería saltar por tejados a partir de ahora. Me quité la armadura de BetaTech y la hice explotar junto con el rifle de asalto, buscaban un hombre bien equipado, ahora sólo quedaba un hombre bien parecido, similar al hombre que alguna vez fui y me interné por las calles de la ciudad. Al pasar por un puesto de comida callejero, observé en la televisión la transmisión en vivo desde el palacio de gobierno, donde el vicepresidente con la viuda del ex presidente, muerto en el colapso de Sia darían el tradicional grito de independencia y donde informaban de los acontecimientos recién ocurridos en la autopista y que mi presencia, la presencia del "terrorista" en México, con una hermosa imagen mía usando el traje de BetaTech. Esa era la señal para irme, pero antes de hacerlo, también informaron de la presencia de un famoso grupo musical en el ángel de la independencia, México había sido seleccionado para el lanzamiento del Prometeo y muchas personalidades estaban ahí. En realidad, aún tenía tiempo, sólo necesitaba atravesar la ciudad por la mitad antes de medianoche, con una hora para lograrlo.

Llegar la calle de reforma, no fue tan complicado como lo sería el atravesar aquel mundo de gente, que esperaba el lanzamiento del Prometeo, aun así, comencé a caminar y tal como lo esperaba estaban los equipos especiales de SKYLAND y la policía metropolitana buscándome. A pesar de ello, no fue tan difícil infiltrarme, los jóvenes adoraban la música suave y también los ritmos nuevos y la diferencia de edades no era demasiada entre ellos y yo, así que pude escabullirme sin demasiados problemas hasta el edificio que usaba Evelyn Blue, como su última guardia, el refugio seguro y el lugar de nuestro enfrentamiento. Al avanzar por aquellos pasillos sólo hubo una duda en mi mente ¿Estaría listo para enfrentarla? Conocí a Evelyn Blue por medio de Franz, ellos se habían conocido durante su infancia, parece que sus padres eran socios comerciales en Francia, así que cuando Evelyn fue reclutada por los CABALLEROS para pertenecer a LOS CINCO, Franz Müller enloqueció de contento, por aquellos días éramos amigos y estaba a punto de ser ascendido a LOS CINCO, así que en realidad Evelyn fue un regalo de amor, de mi mejor amigo, en mi ascenso a LOS CINCO. Franz tenía tres años perteneciendo a LOS CINCO junto con Salahadim, Sia y Aarón, Así que mi primera cita con Evelyn, fue en Francia, el día que fui un miembro oficial. Franz pagó todo por nosotros, <Es un regalo> me dijo, Franz siempre había sido muy amable conmigo y en realidad creo que lo había sido con todos, era un hombre admirable, pero ella, aquella mujer lo había traicionado y junto con él, me había manipulado a mí para obedecer su voluntad. Cuando la puerta se abrió me encontré frente a frente con un equipo táctico de respuesta provisto por los CABALLEROS ahí para protegerla. Evelyn estaba al final del pasillo, con su hermosa y elegante silueta observando la fiesta de luces y pirotecnia que acompañaba la festividad, así que caminé en dirección a ella, ninguno de los agentes, me disparo y me acerqué hasta ella.

--- Ichabod ¿Eres tú? --- Me preguntó con su hermosa y melodiosa voz, que por un momento me transporto al pasado a Francia, a la primera noche juntos.

--- Se acabó Evelyn, no pienso salir con vida de aquí, pero no puedo permitir que les condenemos---Le dije al alzar mi arma y apuntarle a la cabeza, mientras ella caminaba hacia mí con su elegante estilo de caminar y su belleza poética, acercándose a mí haciéndome pequeño el corazón.

--- Se acabó hace mucho tiempo Ichabod--- Sentí el suave tacto de sus labios en mi mejilla y la punta de su arma en mi sien, mientras con todo mi ser deseaba que ese momento nunca sucediera en realidad.

--- Evelyn, no me obligues a hacer esto--- Le pedí con la voz trasformada en una súplica romántica, como cuando le pedía que nos quedáramos juntos una noche más. Ella no dijo nada más y me besó como cuando hicimos el amor por primera vez, con tanto deseo que al separarnos parecía que un cuerpo se dividía en dos. Colocó su mano izquierda en mi mejilla y su mano derecha con un arma en mi sien y nos miramos entonces nuevamente como la primera vez y el mundo se detuvo por un instante, un hermoso instante que terminó demasiado pronto y terminó con la detonación de un arma y el fin del mundo.

<Actualidad>
Un dolor penetrante me subió por el costado, aunque al principio me costó identificar de lo que se trataba, despúes mis fuerzas me abandonaron y lentamente caí arrastrando mis manos por el cuerpo de Evelyn. Ante sus ojos angelicalmente azules e indiferentes ante mi dolor. ¿Por qué había recibido un tiro en la espalda? Evelyn aún mantenía su arma en alto como si aún la recargará en su sien. Me caí sobre el suelo y el dolor me recorrió fuertemente la espala, me giré y el corazón se me detuvo un segundo. --- Gracias amigo, sin ti no lo hubiésemos logrado--- El suelo estaba frio y se llenaba con mi sangre, quise obligarme a reaccionar, pero no funcionaba. La persona que me disparó era Franz Müller.

Franz Müller siempre había sido un chico delgado y atractivo, con su cabello castaño finamente recortado y su acento francés, rectado, aunque hablará español. Era un hombre atractivo y siempre vestía con un gusto exquisito para la ropa. Sus ojos eran grises y en ellos pude ver algo que nunca antes había visto, había locura en ellos. --- ¿Franz...? ¿Cómo es posible? --- Le pregunté mientras caminaba en dirección a mí.

--- El Prometeo, es tu idea más brillante querido amigo, una oportunidad única en el mundo--- Franz se puso frete a mí, se colocó en cuclillas y me tocó la frente--- Pero no podía permitir que LOS CINCO tuviéramos ese poder. El poder de cambiar el mundo de inmediato, el poder de transformarlo a nuestra voluntad en un instante. Tu terminaste con el tiempo de LOS CINCO y de los CABALLEROS, ya no tendríamos que planear con décadas de anticipación, cada movimiento, cada punto de partida, para inclinar la balanza. Ya no tendríamos que planear guerras, conflictos sociales, tampoco dependeríamos de la sociedad operadora para las decisiones políticas o de la sociedad civil para enriquecernos lentamente. Tú me diste el poder de conquistar al mundo, en una sola noche---

--- Tú estaba en contra, nos hiciste creer que no debíamos manipular a las personas--- Le reclamé con la poca fuerza que me quedaba en el cuerpo, ahogándome con la sangre que fluía por mis heridas, lastimado profundamente, en todos los aspectos.

--- Oh si, estaba en contra de que LOS CINCO tuvieran ese poder, por eso ordené mi muerte, así sabría cómo evadirla. Después manipularte fue sencillo, sabía que tú eras más listo que los otros tres, así que desde el principio sabía que tú debías matarlos. Tú relación con Salahadim, te permitió orquestar un golpe maestro y no sólo eso, destruiste en el proceso a las fuerzas rebeldes de la religión, los pusiste en jaque con el poder de tu mente. Después hiciste que Sia y Aarón se mataran el uno al otro, eso fue ingenioso debo decir y lo mejor de todo. Volviste a Sia loca y la evidenciaste frente al mundo, acabando con la clase política mundial en un, mismo, día. Eres sin duda un hombre brillante y temible Ichabod Eliot, no sólo mediste la forma de dominar al mundo, mataste a LOS CINCO, tú sólo--- Franz comenzó a reír tan alto y tan claro que me dolieron los oídos, al final él resulto ser el hombre más listo del mundo. --- Ahora cariño--- Le dijo a Evelyn tocando su cadera y besando sus labios--- Debemos irnos, tenemos un producto que modificar y un mundo que gobernar. Adiós amigo, te dejó una linda vista del fin del mundo--- Franz Müller y Evelyn Blue abandonaron juntos el edificio, debí imaginarlo, se conocían desde pequeños, Müller sólo jugaba con mis emociones, nunca existió amistad en sus palabras y en las de Evelyn nunca existió amor. Cerré mis ojos, ya no tenía por qué vivir, pero al menos pude ver a mis padres una vez más.

Franz Müller salió de la mano con Evelyn Blue por la calle, la gente seguía escuchando al grupo que tocaba animadamente y esperaban que llegará la hora de la celebración, así que ambos atravesaron a pie la avenida principal para dirigirse al banco internacional, el lugar donde estaba toda la información correspondiente a la configuración del Prometeo y entraron al edificio tomados de la mano. Evelyn intentó acercarse a Franz, pero Müller estaba en su propio mundo, bañado con el éxtasis de su éxito, que no le permitía prestarle atención a Evelyn, que se sentía pasionalmente dispuesta por el éxito de su operación, faltaba una hora para que comenzará el grito de independencia y después la venta simultánea a nivel mundial de Prometeo. Llegaron al último piso del banco internacional, una estructura de doce pisos en donde Franz Müller pasaba sus largas jornadas en México. Abrió la puerta de su oficina, una puerta de madera tallada con las iniciales de su nombre y comenzó la configuración del Prometeo.

Evelyn Blue se dirigió hasta la barra de licores donde preparó dos tragos por su victoria, mientras las personas debajo de ellos, frente al ángel seguían con sus celebraciones.

--- Es hermoso ¿no crees? --- Le dijo Evelyn mientras se acercaba con las bebidas de celebración, moviendo atractivamente su cadera.

--- Ahora el mundo es nuestro--- Ambos chocaron sus copas, Müller y Blue consumieron sus bebidas de un rápido y profundo trago, sintiendo como el alcohol perforaba su garganta.

--- Ah por cierto preciosa, hay algo que debo decirte---

--- ¿Qué es amor mío? --- Preguntó Evelyn acurrucada bajo su brazo, tocando sugestivamente su pecho y alzando su pierna para rosar su sexo.

--- El mundo, no lo comparto con nadie--- Evelyn Blue sintió el poderoso jalón de su cabello, que la separó con un movimiento brusco, del pecho de Franz Müller. Después la copa que había usado para entregarle la bebida a su amor, se estrelló con brutalidad sobre su rostro, provocando que la sangre emanara por él y los vidrios se enterraran en su cara. Evelyn gritó de dolor y se alejó del cuerpo de Franz Müller quien reía con un fanatismo similar a la locura, mientras su romance caminaba cegada por el alcohol y la sangre--- Hiciste bien tú trabajo amada Evelyn, pero el mundo necesita a la persona más lista para que la dirija y con la muerte de Ichabod y la tuya, encargarme del nuevo profeta de los medios, será un juego de niños. Lo siento mi amor, pero ya no te necesito---

--- ¡Eres un maldito! --- Evelyn le arrojó la copa vacía, pero al continuar cegada por el alcohol de su bebida, la copa se estrelló en la puerta muy lejos de su objetivo. Franz Müller, no paraba de reír mientras caminaba en dirección a Evelyn que intentaba manotear para defenderse.

--- Los CABALLEROS, los CABALLEROS te detendrán--- Lo amenazó con un rayo de esperanza--- Ellos nos escogieron, ellos nos entrenaron. Ellos saben lo que haces, ellos acabaran con tus planes---

--- ¿Los CABALLEROS amada mía?, ¿Qué crees que estado haciendo todo este tiempo? --- La voz de Franz dejaba de parecerse a la de un ser humano, se volvió profunda y gutural--- Durante todo este tiempo he estado matando a los CABALLEROS--- Dijo y comenzó a reír--- Ya no queda ninguno. Ahora el único cabo suelto, eres tú--- Franz Müller, levantó una botella de su reserva personal y se la reventó a Evelyn en la frente, después la apuñalo hasta que la botella se fragmentó en las entrañas de Evelyn y su sangre manchó, los elegantes puños de la fina camisa de Franz Müller. --- Siempre lo dije, sangras mucho en tu periodo--- La risa de Franz Müller perforó las paredes del banco internacional, pero no había nadie que lo escuchara, así que aquel maniático hombre, el hombre más listo del mundo acercó su silla a la ventana que tenía la vista al ángel y subiendo sus piernas sobre el cadáver de Evelyn Blue, manchó su rostro con la sangre de la mujer a la que había manipulado al igual que a Ichabod desde el día en que se conocieron. Franz era un hombre enfermó, tenía alucinaciones violentas de vez en cuando, que solamente satisfacía matando a las personas, él era el responsable de las guerras de la fe y ahora mismo disfrutaba imaginando al mundo enteró cubierto por las llamas de su locura.

--- Ichabod, despierta Ichabod--- Abrí mis ojos cansadamente, tuve un sueño maravilloso, aunque no pude recordar de que se trataba. Frente a mí se encontraba Aghbad con un equipo táctico de ataque.
--- ¿Aghbad?, ¿qué haces aquí? --- Le pregunté pensando que seguía soñando
--- Recibimos tu mensaje y aquí estamos--- Sharon me miró con dulzura, sus manos estaban manchadas de sangre, lo que me hizo recordar mis heridas. --- Estas bien, como pediste traje un botiquín médico, no sabía que nos vigilabas, ¿cómo supiste que estaba en un hospital? ---
--- No lo sabía---Contesté confundido
--- Aun así, colocamos los explosivos en el banco internacional, ese bastardo loco de tu amigo, acaba de matar a tu novia con especial brutalidad---
--- ¿Evelyn murió? ---
--- Así es Ichabod, deberíamos volar todo el edificio y matar al hijo de puta. Está bastante loco---
---No, debo hacerlo con mis propias manos, aun así, si a la media noche no he conseguido matarlo, vuélame junto con él al otro mundo---
--- ¿Estás loco? --- Me reclamó Sharon--- Vuélalo y se acabó, no quiero perderte---
--- Escucha, está navidad la pasaremos juntos ¿De acuerdo?, pero debo hacer esto---

--- No pelees con ese hijo de puta, sólo vuélale la cabeza de un tiro-
-- Me sugirió Aghbad

--- Lo tendré en cuenta--- Salí corriendo del edificio al igual que Aghbad y Sharon, pasando por los cadáveres de los CABALLEROS armados. Müller los había matado antes de llegar, ese bastardo había estado jugando con la vida de todos desde el principio. A travesé la multitud, corriendo con todas mis fuerzas y entré al banco internacional. Había música en el recinto, era música clásica, a Franz le gustaba la música clásica para inspirarse y pensar. Ya estaba imaginando como sería gobernar el mundo. El muy bastardo.

Llegué a su puerta, la abrí de una patada, la herida en mi espalda ya no me dolía, la medicina moderna era una maravilla--- Sal de ahí ¡Müller! --- Pensé que lo mejor sería tomarlo por sorpresa, pero Franz se giró y me disparó varias veces, tuve que arrojarme al suelo para evadir sus tiros.

--- Vaya amigo, hasta pareces una plaga. Si estabas vivo hubieses escapado, ¿por qué venir a morir de nuevo? --- Escuché sus pasos cuando se levantó, me agazapé detrás de una silla que estaba en el suelo y me levanté a disparar al escritorio, pero Müller no estaba ahí. Dos impactos de bala resonaron en la oficina y uno de ellos me dio en el hombro--- Eres un idiota, entrar disparando en lugar de disparar desde afuera. Sabes tú fuiste mi mejor creación, alimentándote con cuentos heroicos para que fallaras siempre en el momento de la verdad, cuando yo tomará la decisión que tú no podías--- Estaba cerca, me encontraba detrás de su barra de licores, sujetando mi herida, tenía que adelantarme a su salida, ¿sería por el costado o por arriba?--- Ah te dispararé desde la distancia--- Como si me hubiese leído la mente comenzó a disparar contra la barra hasta, que se acabó el cargador, no me había matado pero ahora tenía otro tiró en el brazo.--- ¿Ahora que harás?--- Müller estaba frente a mí, con su piel pálida manchada con la sangre de Evelyn, en finas tiras que dividan su cara y sus ojos grises destellaban en locura, mientras pisaba mi mano y me apuntaba con su arma directamente en la frente--- "Bang"--- Me dijo y comenzó a reír nuevamente. El bastardo no tenía balas. Me levanté y lo empujé contra su cristalería, que cayó como una cascada sobre su cuerpo. El brazo izquierdo no me servía así que lo golpeé con la mano derecha en distintas ocasiones tan fuerte como pude y después lo pateé girando mi cuerpo para adquirir más impulso, pero por cada golpe que Franz recibía me contestaba con una carcajada.

--- Bastardo, ¿de qué te ríes?--- Le exigí

--- El Prometeo ya salió a la venta, ya lo reprograme--- Me lo dijo sin contener su risa maniática, para después reventarme una botella en la cara que salpicó vidrios y vino sobre el cristal de su oficina--- Yo gané, desde mucho antes había ganado--- Me dijo mientras reía--- El mundo es mío, ¡yo gané!--- Me golpeó varias veces con su rodilla en el estómago y luego me arrojó al suelo, junto al cadáver de Evelyn Blue.

--- En ese caso..., --- Le dije mientras me incorporaba--- Si te mató, nadie podrá usar el Prometeo---Su risa maniática paró por un instante, él había diseñado el Prometeo para que se ajustara al suyo, así que con su muerte se acabaría.

--- Bueno, eso es cierto. Pero sólo debo matarte y nadie más lo sabrá--- Se abalanzó sobre mí, me pateó en dirección a la ventana que se fisuró con mi cuerpo, provocándole una cicatriz transparente, después comenzó a estrellar mi cara contra la ventana mientras reía frenéticamente. Lo golpeé en el abdomen con el codo de mi mano derecha y luego intercambiamos lugares, intenté estrellarlo contra la ventana pero él se impulsó con ambas piernas en el cristal y los dos caímos al suelo, me levanté tan rápido como pude, pero Müller ya estaba sobre mí y me apretaba el cráneo con sus manos ensangrentadas.--- Después de matarte, buscaré a esas dos escorias que te ayudaron, mataré al israelita y violare a la sueca-- El bastardo no paro de reír, mientras me describía lo que le haría a Sharon, pensé en ella y entonces recordé que ella también me había enseñado algo. Me liberé de sus manos, me giré sobre mi eje y pateé el cuerpo de Franz, el aire se escapó de sus pulmones, doblándose frente a mí, lo pateé dos veces más y luego lo arrojé sobre su escritorio. Se levantó como poseído, con aquellos ojos grises, inyectados en su locura personal, sólo para que lo pateará una vez más por encima del escritorio, preparándome para patearlo nuevamente, pero ya no fue necesario. Franz Müller resbaló con el cadáver inerte de Evelyn Blue, cayendo de espaldas a la ventana, golpeando con su cabeza el cristal que se fragmentó bajo su peso a causa de todos los golpes que había recibido, el frio aire de la noche se coló por la ventana y Müller manoteó con locura, enterrando en la palma de sus manos, fragmentos de cristal para no caer y aun así, sin dejar de reír--- Mira Ichabod--- Me dijo--- Está puta muerta, aun intenta matarme--- Su sonrisa fue irónica y violenta, mientras pateaba el cadáver de Evelyn. Me preparé para darle un último empujón e irme con él. Ninguno de LOS CINCO debíamos sobrevivir, si lo hacíamos el mundo nunca sería libre. Franz Müller me leyó de nuevo el pensamiento--- Ven, acaba tu obra maestra y muere conmigo. Libra al mundo de nuestra tiranía. Hermano--- Sonreí para mí mismo y me preparé para arrojarme por la ventana junto con Müller, pero entonces un disparó le perforó el corazón y Franz Müller murió. Cayó los doce pisos hasta el suelo, donde su cuerpo quedo inerte con la sangre de Evelyn aun manchándole la cara y combinándose con la suya. Su risa maniática se apagó en un instante y me sentí sólo en aquella habitación. Pero no estaba sólo. Me giré y encaré al asesino de Franz Müller.

--- Así que todo el tiempo fuiste tú, tú descifraste mi código y me enviaste la información sobre LOS CINCO, tú enviaste a la información a Sharon y Aghbad para salvarme y supongo que ahora has venido a matarme, ¿no es cierto? Profeta de la comunicación, Pablo Agustus Strafford---

Pablo era un chico más joven que yo por un par de años, tenía el cabello espeso en color negro brillante, usaba lentes y vestía modesta pero elegantemente. Empuñaba un arma de precisión, la que yo había dejado caer casi sin usar. Pablo tenía los ojos en un color azul hermoso, como los de mi madre y por un momento pensé en la ironía de que alguien con esos ojos me enviará al más allá. De alguna forma me sentía completo, ahora sin Franz Müller, aunque Pablo aprendiera a usar el Prometeo, no le serviría de nada, nunca podría ser usado para conquistar el mundo. --- ¿Ya terminaste tu misión? --- Me preguntó con los ojos humedecidos por las lágrimas y bajo su arma, para mirarme--- Vamos, nos están esperando en la catedral---
Pablo sacó un equipo médico y curó mis heridas de bala, al menos los primeros auxilios para no tener que preocuparme más por la pérdida de sangre. Caminamos juntos por la fiesta de celebración del ángel de la independencia, faltaban pocos minutos para que comenzará la fiesta y al pasar por el lugar donde cayó Franz Müller, ya había un equipo discreto de agentes de BetaTech, limpiando el lugar. --- Tranquilo, nuestra amiga en común se está encargando de

todo--- Permanecí por un momento confundido, aunque no me quedó duda que se refería a Katherine Schneider. Caminamos hasta la catedral del centro de la ciudad, la gente continuaba afuera, pero nos abrieron Sharon y Aghbad, entonces los tres miramos con sorpresa a Pablo y aunque Sharon y Aghbad lo reconocieron como el Profeta de la comunicación, ninguno me pregunto nada. --- No entiendo nada, ¿Por qué me ayudaste?, ¿cómo descubriste mi código? --- Pablo se giró y buscó en el pedestal de la iglesia, entonces se giró con un ejemplar de una enciclopedia de color blanco, que reconocí de inmediato--- Es el fin de la palabra---

--- Así es---Contestó Pablo con una sonrisa--- Mi hermano mayor, le envió una enciclopedia completa a mi papá tres años después de desaparecer. La leí todos los días, hasta que las palabras dejaron de tener sentido y ni aun así dejé de leer, entonces comencé a descubrir que quizás podían tener otro significado. Con cada nuevo ejemplar fui siguiendo la aventura de mi hermano, hasta que los CABALLEROS me encontraron. Parece que soy un genio para descifrar códigos, entonces Franz Müller murió, pero había notado en su personalidad serias deficiencias y cuando sufriste aquel accidente de avión comencé a pensar que quizás, había algo mal. Comencé a escribir códigos en los diarios impresos, porque tú los leías cuando éramos niños, así que pensé que, si estabas vivo y estabas cazando a LOS CINCO, los leerías---

--- Gracias…, --- Le dije con los ojos humedecidos--- Pensé que ya me habían olvidado---

--- Nunca lo hicimos--- Me contestó, visitaste a papá y mamá antes de venir aquí, por eso supe dónde encontrarte y busqué a tus amigos--- Me acerqué a Pablo y lo abracé con fuerza entre mis brazos, el hizo lo mismo y recordé que quizás ya no éramos niños. Entonces las campanadas de la independencia comenzaron a sonar a fuera con gran fuerza.

---Chicos odio romper su reencuentro, pero la gente va a esperar el Prometeo--- Aghbad tenía razón, todos esperarían el Prometeo.

--- ¿Tienes algún plan Ichabod? --- Me preguntó Sharon, pero sólo pude negar con la cabeza.

--- ¿Tú tienes algún plan Pablo? --- Le pregunté y él sonrió

--- Vamos a ver un gran espectáculo---

Salimos de la catedral y Pablo le pidió a Aghbad que reventara el banco internacional, con una gran explosión y fuegos artificiales que asustaron a muchísima gente, pero justo cuando pensaba que mi hermano se había vuelto loco, las pantallas que promocionarían el Prometeo se desplegaron por todo el mundo al mismo tiempo, transmitiendo un mensaje en todos los idiomas conocidos, en cada rincón del mundo. En aquel mensaje aparecía mi antiguo rostro y decía:

Mi nombre es Ichabod Eliot, soy el presidente de media global, a lo largo de la historia han existido individuos que han decidido por ustedes, que sin saberlo han manipulado las circunstancias, para que el mundo actuara siempre en beneficio de un grupo muy reducido de personas. Antes de morir escribí una enciclopedia que contiene toda la información sobre lo que estoy diciendo, Prometeo forma parte de este dispositivo de dominación mundial. Si ustedes quieren corroborar que lo que digo es cierto, este es el código. --- Imágenes de la historia aparecieron en el cielo, contaban el relato de LOS CINCO, contaban mi historia y la del mundo. Sharon entrelazo sus dedos con los míos y sonreímos. Ese era el fin de nuestra aventura y el fin del mundo que conocíamos. El mundo tiránico dominado por pocos individuos, donde no existía el libre albedrio y donde ahora todos podíamos decidir pues. Todo está escrito en EL FIN DE LA PALBRA…,

Navidad 2110

Mi nombre es Ichabod Eliot y escribo estas notas para que conozcas el fin de mi aventura. El mundo fue sacudido con la información que se propago en el fin de la palabra, los gobiernos a nivel mundial sufrieron una reestructura y en muchos lugares se convocaron nuevas elecciones, el Vaticano ya decidió quien será el nuevo líder espiritual del mundo y LOS CINCO no tuvimos nada que ver, el nuevo orden geopolítico se ha establecido casi de manera autónoma, poco o nada hemos tenido que ver nosotros. Al final, cuando tuve la oportunidad de someter la voluntad de las personas a mis deseos, escogí una alternativa ¿Sabes que escogí?..., Confiar en la humanidad, mi hermano menor me salvo de la muerte y con ello puso felicidad en mi vida, ahora sin embargo, debo despedirme, al final siempre quedará un villano que exterminar y el de esta historia soy yo, así que disfrutare de mi última navidad con la familia que me fue arrebatada, pero ahora que sabes la verdad, vivé libre y vivé por mí y recuerda transmitir lo que has aprendido, pues ¿Qué ese no es el fin de la palabra?

Cuando encontramos un espacio en Amazón para publicar todos estos escritos realmente me sentí tentado a publicitarlos, ahora entiendo que quienes leen esto son almas curiosas o bien, mis seguiodras más leales. En todo caso, gracias a todas.

www.ingramcontent.com/pod-product-compliance
Lightning Source LLC
Chambersburg PA
CBHW061339120726
48001CB00002B/945